制服男子、溺愛系

秋桜ヒロロ

Hiroro Akizakura

EB

エタニティ文庫

制服男子、溺愛系

【和装男子・一条國臣の場合】

プロローグ

これは事故だ。

不意に重なった唇の理由を、私――梶唯花はそう結論付けた。

十年前――

彼の大学卒業を半年後に控えた、九月の末。
いつものように部室で彼と一緒にオセロをしている時にその事故は起こった。
静かな室内に突然鳴ったスマホ。
驚いた私が足を滑らせて、座っていたパイプ椅子とともにうしろにひっくり返る。
ふわりと浮いた身体。崩れるオセロの盤面。
まるで助けを求めるように、無意識に伸ばした腕。

目の前に座っていた彼がその腕を掴んで、私の身体をぐっと引き寄せる。

「あ……」

気がついた時には、彼の顔はもう目の前にあった。

鼻先がツン、と触れ合う。掴まれた手首が、熱くて溶けてしまいそうだった。

しばらくそうやって見つめ合った後、彼は私の身体をさらに引き寄せる。

そうして、唇が重なった。

「ん」

意味がわからなかった。どうしてこんなことになったのか、理解できなかった。

でも、それと同時に嬉しくもあったのだ。だって当時の私は、彼のことが大好きで、大好きで、仕方がなかったから。

彼が姉の許嫁で、将来自分の義兄になるということは理解していたし、叶わぬ恋だというのは承知していた。でもだからこそ、重なった唇に驚きながらも嬉しくて、瞳は潤み、涙を流してしまったのだ。

やがて小さなリップ音を残して離れる唇。

私は唇を撫でた後、涙で濡れた瞳を彼に向けた。

「今の」

その瞬間、彼がはっとして息をのむ。まるで自分がしてしまったことに、そこで初めて気がついたような顔だった。あるいは私の涙に驚いたか。

「悪い」

「どうして……?」

当時の私がどう返してほしかったのか、それは今でもよくわからない。『好きだから』なんて返答は、夢見がちな少女でもあるまいし、さすがに考えていなかっただろう。けれど、唇に残る彼の感触に、まったく期待しなかったと言ってもきっと嘘になる。

「それは……」

彼はその質問に固まる。そして、私の顔を見ないように視線を落とし、数十秒何かを考えた後、絞り出すようにこう吐き出した。

「愛花（あいか）に似ていたから、かな……」

彼から出てきた双子の姉の名前に、呼吸が止まった。同時に心臓が嫌な音を立てる。

考えてみればそれしかないだろう。彼と姉は許嫁（いいなずけ）同士なのだから。

何を不相応に、わずかでも期待していたのだろうか。胸を躍らせていたのだろうか。

「そっか……」

下唇を噛むと血の味がした。さっきはもっと甘い味がしていたのに、それももう思い出せない。

あの頃からずっと、私は愛花の陰で生きている。

第一章　身代わりの婚約

『愛花のことで話があります。今年の年末は帰ってくるように。
特に、二十六日は必ず家にいるようにしなさい』

年の瀬も迫り、会社も長期休暇に入ったとある日。唯花は久しぶりに訪れた地元の駅で、スマホの画面に映ったメールを見下ろしながら、ため息をついた。送り主は、もう半分縁を切った状態の母親だ。

「今更、一体何の用だろう」

お互いに連絡をするのは九年ぶりだというのに『元気にしてる？』『最近はどう？』なんて伺いや心配は一切ない、至極簡素なメールだ。あまりの簡素さに意味がわからず、『どうしたの？』『愛花に何かあったの？』と返信してみたが、案の定というかなんというか、質問に対する回答は返ってこなかった。返ってきたのは『いいから帰ってきなさい』と言う一文のみである。

「はぁ……」

唯花は今日何度目かわからないため息をつきながら、必要最低限の荷物だけ入ったキャリーケースを持ち上げた。三段だけの階段を乗り越え、そのまま駅から出る。大型バスがいくつも並んでいるロータリーのタクシー乗り場に並びながら、彼女はふたたびスマホに視線を落とした。

（無視するわけにもいかないから帰ってきたけど、愛花、どうしたのかな……）

唯花は画面に映った、『愛花』の文字を指先でなぞった。その瞬間、愛花のおっとりとした笑みが脳裏に蘇ってくる。

愛花というのは、梶姉妹の『できるほう』だ。

勉強も器量の良さも対人関係も、二卵性とはいえ双子なのにもかかわらず、唯花よりも愛花のほうが一枚も二枚も上手だった。テストの点数で勝ったことはないし、楽器を弾かせても、料理を作らせても、裁縫をさせても、愛花はそつなく完璧にこなしてしまう。唯花がすぐに習うのをやめてしまった絵画では賞を取り、先生からは美大を勧められるほどだった。

だから梶姉妹の『できるほう』と言えば愛花で、それは二人を知る人達の共通認識だった。

親戚内でも、学校内でも、……もちろん、家庭内でも。

「帰りたくないなぁ……」

唯花はスマホのバックライトを落としながら、そう独りごちる。

実家にいた頃、家に彼女の居場所はなかった。両親は『できるほう』である愛花だけを溺愛し、それと同じだけの愛情を唯花には注いでくれなかったからだ。特別酷い扱いを受けてきたというわけではなかったけれど、比べられ『出来損ない』と罵倒される日々は、それなりに辛いものがあった。

そんな両親に嫌気がさしたのが高校二年生の秋。その頃にはもう進学する大学もある程度は決まっていたのだが、唯花はそれを蹴って地元から離れた大学を受験した。当然親の反対もあったが、見事合格。そしてなかば家出をするような形で、唯花は実家を離れることになったのである。

（でも結局、私は愛花を差し出して逃げたってことになるんだよね）

共通の友人から聞いた話だが、愛花は両親の勧めた通りの大学に行き、両親の会社に入社したらしい。従順に、期待されるまま。

それが不満だったのかどうかは本人に聞いてないのでわからないが、唯花はそのことをずっと申し訳ないと思っていた。なぜなら、あの針のむしろのような家の中で、愛花だけは常に唯花の味方だったからだ。

おっとりとした彼女がとりたてて両親に反抗するということはなかったけれど、それでも、彼女はずっと唯花の存在を認めてくれていた。同じ土俵に立ってくれていた。

それは当時の唯花にとって、凄く大きな意味を持っていた。

（愛花に何かあったんなら、私がなんとかしなくっちゃ……）

贖罪の気持ちも込めてそう思う。だからこそ、二度と足を踏み入れるつもりのなかったこの地に、こうしてもう一度帰ってきたのだ。

「今日、何があるんだろう……」

会社がなかなか連休に入らなかったので、今日が母からのメールにあった二十六日だ。

『家にいるように』と書かれていたあの日付である。

「なにもないといいけどな……」

言い知れぬ不安を抱えたまま、彼女はやってきたタクシーに乗り込むのだった。


そうして一時間後。

唯花はなぜか知らない男性の前に座らされていた。しかも、愛花のワンピースを無理矢理着せられた状態で。

場所は、地元の人間ならば誰でも知っている高級料亭。隣には不気味なほど良い笑顔の両親がいた。

（意味が、わからない……）

実家に帰った直後、唯花は何の説明も受けることなく、ここまで連れてこられた。ここに来るまでに両親からかけられた言葉は『もう、遅いじゃないの！』『これを着なさい』『いいから黙ってついて来なさい！』の三つだけである。これでは状況がまったくわからない。

（しかも、愛花もいないし……）

唯花は『愛花のこと』で呼び戻されたはずである。なのに、肝心の彼女は家のどこにもいなかった。彼女は一体どこに行ったのだろうか。

質問なんてさせてくれなさそうな雰囲気の両親を唯花はチラリと見た後、今度は目の前に座る男性に視線を移す。

男は三十代前半という感じだった。しかも、和服姿。通った鼻筋に、にこりともしない唇。感情の起伏が少なそうな切れ長の目に、濡れた烏のような黒髪。着物を着ているからか背筋がしゃんと伸びていて、それがちょっと唯花の目には威圧的に映る。

（つまり二人は、私をこの人に会わせたかったってことよね。――でも、あれ……？）

唯花は目を瞬かせた。知らない人のはずなのに、妙な既視感があるのだ。

一番近いのは『似た人を知っている』という感覚だ。目の前に座る彼に重なるように、おぼろげな男性の姿が頭の中でちらつく。しかし、その『似た人』が誰なのかも唯花はなかなか思い出せない。

（もしかして、会社の人？……いやでも、会社にこんな人いたっけ？）

同じ会社に勤めている人間を全員知っているわけではないが、こんなに顔の整った人はあんまり見たことがなかった。

（でも、他に男性の知り合いなんていないし……）

いくら首をひねっても、目の前の男に似ている人間は見つからない。

唯花が混乱しているのが伝わったのだろうか、最初に口を開いたのは目の前に座る男だった。

「久しぶりだな」

（久し、ぶり？）

まるで会ったことがあるかのような台詞（せりふ）に、唯花は首をひねる。その反応に、彼は少しだけ困ったような笑みを浮かべた。そして、ふたたび口を開く。

「一条だ。一条國臣」

「一条って――」

名前を聞いてハッとした。唯花は確かに、その男の名前を知っていたからだ。

一条國臣、老舗（しにせ）旅館の五代目。唯花とは五つほど歳が離れていたので、今は

三十二、三歳ぐらいのはずである。
彼の運営する一条庵は元々華族だった一条家の別邸を旅館として改築したもので、大正ロマン溢れる内装と、伝統の和風建築が特徴の老舗旅館だ。旅行のために泊まる旅館ではなく、旅館のために旅行に来る客が絶えない場所で、KAJIツーリストにとってはどんな時でも絶対に予約が埋まってくれる、ありがたい宿だった。つまり、KAJIツーリストにとってはお得意様中のお得意様である。

目の前に座る彼は、そんな老舗旅館の次期当主。そりゃ、両親だってピリピリもする。

（最後に会ったのが高校二年生の時だから、もう十年も前の話になるのか……）

唯花が國臣のことを知っていたのには、実はもう一つ理由があった。

二人は学友だったのだ。正確に言えば、愛花を含めた三人は学友だった。

彼女達の通っていた栄智学園は、小学校から大学まで通えるエスカレーター式の私立学校。一般枠ももちろんあるが、基本的には幼稚園や小学校から私立に行ける、ある程度裕福な家庭の子達が通う学校だった。

その学校の天文部で、國臣と唯花は二年間をともに過ごした。

（あの頃は、家に帰りたくなくて、ずっと部室に入り浸ってたな……）

小さな一室の、二人だけの天文部。正確に言えば幽霊部員があと三人はいたらしいけれど、彼らを見たことはほとんどなく、部室ではずっと二人っきりだった。天文部だったのに天文部らしい活動は何一つせず、彼は部室で本を読んでばかりだったし、唯花は唯花で勉強をしたり、友人に手紙を書いたり、國臣に付き合ってもらってオセロやチェス、将棋などをしたりしていた。

（だから、どこかで会ったような気がしたのか……）

唯花は目を瞬かせながら、國臣をじっと観察した。言われてみれば、面影がある気がしなくもない。ピンと伸びた背筋も、整った顔立ちも、アンニュイな表情も、思い返してみれば、全部十年前のままだ。当時の彼の服装は洋服だったし、本を読んでいる時は眼鏡をかけていたから、その印象が強かったのも気づかなかった要因だろう。

そして、もう一つ忘れてはならないことを彼女は思い出す。

（そういえば、國臣さんは愛花の許嫁……のはずよね……）

ＫＡＪＩツーリストが、放っておいても予約がくる一条庵の予約業務を任せてもらっているところからもわかるように、一条家と梶家は昔から仲が良い。祖父や曽祖父の代から両家は交流があったようで、だからこそ愛花と國臣の結婚は生まれる前から決まっていた話だった。

（ま、私が実際に國臣さんに会ったのは、高校生になってからだけどね……）

愛花とは随分前から交流を深めていたようだが、唯花はその場に一緒にいたことはない。最初に会ったのは校内で、名前を聞いて初めて、彼が愛花の許嫁だと知ったのだ。

「いい加減、思い出したか？」

そんな國臣の低い声で、唯花は現実に引き戻された。そして慌てて頭を下げる。

「お、お久しぶりです！」

「元気にしてたか？」

「元気です！　……たぶん」

十年前と変わらない低くて安定した声に、懐かしさがこみ上げる。けれど、気になるのはその再会した理由だった。

（愛花との結婚報告ってわけじゃなさそうよね……）

それならば、今ここに愛花がいなくてはおかしい。唯花は改めて辺りを見渡すが、やはり愛花の姿は見当たらない。部屋の中には唯花と両親、そして國臣の四人だけだ。

彼の正体がわかったぶんだけ深まった謎に、唯花は視線を彷徨（さまよ）わせる。そしてとうとう耐えきれず口を開いてしまった。

「えっと、……私ってどうしてここに呼ばれたんですか？」

絞り出したような小さな声に、國臣は大きく目を見開いた。まるでその問いが予想外だったかのような反応だ。

「言ってなかったんですか？」

彼の言葉は唯花の両親に向けてのものだった。その言葉に父親は額（ひたい）の汗をハンカチで拭いながら、「なにぶん、唯花の到着が遅れたものでして……」と理由を話さなかった言い訳をする。

「言ってなかったって、なに？　私に関係あること？」

「それは……」

父親はしどろもどろになりながら、視線を彷徨わせる。どうにもはっきりとしない。

それだけ唯花に伝えづらい話なのだろうか。

狼狽える父親に代わって、彼女の問いに答えたのは母親だった。

「唯花、喜びなさい。貴女は國臣さんの婚約者になったの」

「は？」

あまりの言葉に、呆けたような声が出てしまう。言葉は耳に入ってきているのに、ちゃんと頭で理解ができない。咀嚼ができない。

「どういうこと？　婚約者？　國臣さんって愛花の許婚じゃなかったの？」

「愛花は、今ちょっといないの」

「『ちょっといない』ってどういうこと⁉」

「愛花は……失踪したんだ」

「は⁉　失踪⁉」

引き継ぐような父親の言葉に、唯花は思わず声を荒らげてしまう。

「失踪ってなに⁉　警察に連絡とかしたの？」

「アナタ、妙なことを言わないでちょうだい！　あれは失踪ではなくて、ただのマリッジブルーよ！」

國臣の手前だからか、本当にそう思っているのかはわからないが、唯花と同じタイミングで母親も声を上げた。

話を聞けば、愛花がいなくなったのは二週間ほど前のことらしい。その日は結婚式の打ち合わせということで、愛花は國臣と会う約束になっていたようなのだが、待てど暮らせど彼女は待ち合わせ場所にやって来なかった。國臣の連絡を受けた両親が彼女の部屋を捜索したところ、着替えなどの荷物が一通りなくなっており、その代わりに置き手紙があったのだという。

その手紙には……

『お父さん、お母さん、ごめんなさい。私は國臣さんと結婚することはできません。私は私の人生を生きることにします』

と書かれていたらしい。

これを見た両親は大混乱。結婚式は半年後の予定だったが、面子や体面を考えれば、今更結婚式をしませんというわけにもいかない。親戚一同にはもちろんのこと、それ以外の来賓にだって、一応話は通してあるのだ。それに小さい話かもしれないが、今式をやめればキャンセル料だってかかってしまう。

そんな困った状態の時、國臣が両親にこう言ったらしいのだ。

『そういえば、愛花さんには双子の妹さんがいましたよね』

と。その言葉を聞いて、慌てて母親は唯花に連絡を取ったということだった。

「えっと、じゃあ、私が呼ばれたのって……」

唯花は震える唇を開いた。先ほどの母親の言葉が頭をかすめる。

(もしかして、本当に……?)

大きく目を見開く唯花に、母親は呆れたようなため息を一つ吐く。

「さっきから言ってるでしょ。貴女は本当に理解が遅い子ね」

そこで彼女は、初めて唯花に向き直った。

「貴女は愛花の代わりに國臣さんと婚約して、結婚するの。これは決定で、貴女に拒否権はないわ」

その言葉を聞いた瞬間、まるで時間が止まったような心地がした。

「絶対無理！　私、あの人と結婚なんてできない！」

それから二時間後。家に帰った唯花は、両親に向かって勢いよくそう言い放った。

時刻はもう四時を過ぎており、家の中にも強い西日が差してきている。

「『あの人』って。貴女、國臣さんと部活で一緒だったんでしょう？」

「確かに一緒だったけど！　でも、すごく仲良くしてたとかそういうわけじゃないし！」

「國臣さん言っていたわよ。『もしかしたら、気心が知れているぶん、愛花さんより楽かもしれませんね』って」

「國臣さんが？」

先ほど会った彼ではなく、十年前の彼の姿が頭をかすめた。

あの頃の彼はいつも窓際に椅子を置いて本ばかり読んでいた。本のラインナップは小説からビジネス本まで様々で、唯花は勉強をする振りをしながら彼が何を読んでいるかを観察したり、その綺麗な横顔を眺めたりしていた。窓から差し込む光で、彼の輪郭と眼鏡の奥のまつ毛が際立つ。その光景は、ゾッとするほど絵になっていて、何度か見惚れてしまったのを今でも鮮明に覚えている。

「何がそんなに嫌なの？　貴女にはもったいないぐらいじゃない？」

「そうかも、しれないけど！　私は――」

「本当に、貴女は反抗してばかり！　双子なのに、愛花とは似ても似つかないのね！　出来損ないなら出来損ないらしく、たまには親の言うことを聞いたらどう？」

古傷がえぐられる痛みに、言葉が出なくなる。

この家から出ていくまでは毎日のように、こんなことばかり聞かされていた。自分は出来損ないだと、愛花の出涸らしだと。自尊心は育つ前に潰されて、自己肯定感は地べたを這いずり回っていた。

親の元から離れて九年。やっと人並みに自分のことが好きになれたのに、たった一言で昔の自分に逆戻りだ。

唯花は拳を握って自分を奮い立たせる。

「とにかく無理！　愛花がいなくなったんなら、結婚自体を取りやめればいいじゃない！　お母さん達から言えないなら、私が言ってくるから！」

そう言って家から出ようとした瞬間、今度は父親が目の前に立ちはだかった。そして聞いたこともないような大声を上げる。

「お前は、うちの会社を潰す気か！」

「潰す気って……」

いつも気弱な父親のありえない剣幕に、唯花は一歩後ずさった。

「今うちの会社は、一条さんのところだけが頼りなんだ！　なのに、康隆さんは近々國臣くんに全権を譲ると言っている！　もし、このまま國臣くんと何の繋がりもないまま代替わりしてしまったら、もしかしたらうちは切られるかもしれないんだぞ！」

父親は血走った目を唯花に向ける。康隆というのは、國臣の父親のことだ。

ひるんだ唯花に父親はぐっと身を乗り出してくる。

「そうなった場合の責任を、お前が取れるのか！」

それこそ知った話ではない。ＫＡＪＩツーリストは今の唯花に関係がないのだ。そんなことで潰れるなら、潰れてしまえとさえ思う。

（だけど……）

会社には幼い頃にお世話になった社員さん達もいるだろう。小さな会社なので、全員が全員、親戚のおじちゃんおばちゃんのような感覚だ。小学生の頃は会社に行くと、よくみんなが待ってましたとばかりにお菓子をポケットに詰めてくれた。それが嬉しくて、週に何度かはお菓子をもらいに、会社を訪れていた。

その時の彼らの嬉しそうな顔が頭をかすめる。

ここで自分が拒否をしたせいで、彼らが路頭に迷うのは確かに避けたい事態だった。

「とりあえず、これは向こう側からの提案でもあるの。さっきも言ったけど、貴女に拒否権はないのよ」

父親と唯花の間に入った母親は凛とした声でそう言う。

「貴女、いい加減諦めて少しは親孝行したらどう？　大体、愛花が出ていったのだって、貴女があの子にすべて押しつけて家を出たからじゃないの？」

「それは……」

母親の言葉に唯花はぎゅっと拳を握りしめた。

確かにそれは考えていた。自分のせいで愛花は追い詰められ、家を出ていってしまったのではないかと。唯花が十年間自由に生きている間、彼女はもしかしたら自分を押し殺して苦しんでいたのかもしれない。

それならば、愛花の失踪(しっそう)は唯花の責任でもある。尻拭いはするべきなのかもしれない。

唯花は唇を噛み締める。

「……わかった。とりあえず、婚約はする」

そう頷(うなず)くと、母親は満足そうにフン、と鼻を鳴らした。

第二章　十年間のすれ違い

『ええ!? それで、あの一条さんと婚約することになったの?』

「うん。まぁ、一応ね。無事に結婚したとして、仮面夫婦一直線だろうけど」

唯花はビジネスホテルのベッドに大の字になりながら、友人の声が流れるスマホを耳にあてる。

電話相手は友人の双葉早苗(ふたばさなえ)だ。唯花が地元を離れてからはあまり会うことはなくなっていたが、学生時代はそれなりに仲良くしていた子である。明るくて、元気で、いつも人を笑わせてくれる、気のいいムードメーカーだ。

たまたまホテルに帰ってきたところで、共通の友人の結婚式に参列するかどうか早苗から連絡があり、その流れで地元に帰っていることを彼女に話したのだ。もちろんその理由も愚痴のような形で吐き出した。

降って湧いた友人の結婚話に、早苗は興味津々といった感じで声を高くする。

『一条さんって、あのクールで何考えてるかよくわかんない人でしょう？　女性人気はすごいけど、どんな美女に言い寄られても、にこりともせず追い返すっていう噂の……』

「早苗、よく知ってるね」

『まあ、一条さんと修二が仲良かったからね。私はそれ経由で少し話したことがあるって感じ？』

「……そうなんだ」

修二というのは早苗の幼馴染のことだ。年齢は確か、國臣と同じだったので三十二歳。一般枠ながら、二人とも高校から唯花と同じ学校に通っており、修二とは早苗を通じて何度か会ったことがあった。

『でもさ、なんで唯花は一条さんとの結婚がそんなに嫌なわけ？　一条さんかっこいいし、唯花も当時は仲良かったんでしょ？』

「そりゃ、悪くはなかったと思うけど……」

『それならなんで？　向こうに恋人でもいるの？　それとも、嫌なことされた？』

「そういうわけじゃないけど……」

歯切れの悪い言葉に、早苗は『じゃないけど？』と続きを促す。

唯花は一つため息をついたあと、小さな声を絞り出した。

「私はちゃんと、私のことを見てくれる人と結婚したいだけ……」

そう言う唯花の頭に蘇ったのは、あの高校二年生の時に起こった例の事故だった。

唯花を助けるために伸ばされた腕。偶然触れ合った鼻先。意図的に合わされた唇。

高鳴る心臓。浮きたつ心。流れた涙。そして、直後に放たれた國臣の言葉。

『愛花に似ていたから、かな……』

唯花はその言葉に心臓が裂かれるような痛みを受けたけれど、彼はどんな思いでそれを口にしたのだろうか。あの日、惨めで苦しくてどうしようもなくて、歩きながら泣いたことなんて、彼はきっと知らない。

（あの頃からずっと、國臣さんにとって私は愛花の代用品なのよね……）

今回のことだってそうだ。何が『そういえば、愛花さんには双子の妹さんがいましたよね』だ。馬鹿にしているにも程がある。それとも、二年間ずっと一緒にいた唯花の名前も、彼は覚えていないのだろうか。

『まぁ、あまり思い詰めないでね？　相談事ならいつでも聞くから』

「うん。ありがとう」

早苗の心配そうな声に、唯花は我に返る。思いの外心配させてしまったようだ。

そのまま早苗と一時間ほど雑談をして、彼女は電話を終えた。

そして翌日、唯花には早速、國臣との用事があった。結婚式のドレス選びである。会場を変えなかったので、結婚式は半年後。すごく急がなくてはいけないというわけではないが、準備はもう始めておいたほうがいい時期だろう。そう國臣に提案されて、渋々と応じた結果である。

「これとか、いいんじゃないか？」

「……わかりました。着てみますね」

貸衣装屋の一角で、唯花は國臣からいかにも愛花が好きそうなフリルのたくさんついたドレスを指差され、辟易（へきえき）して応じた。これまた愛花が好きそうな服を脱ぎ、ドレスに着替え始める。

本番さながらにコルセットを着け、カラーのドレスに袖（そで）を通す。貸衣装屋の店員は満面の笑みで手伝ってくれるが、唯花の表情は晴れないままだった。

（私の結婚式のはずなのにな）

身代わりだとしても、これは唯花の結婚式のはずだ。なのに、ひしひしと感じる、妙な疎外感。自分はここにいるはずなのに、ここにはいない感覚が胸を占拠する。

（それもそうか。私は今、愛花の代わりとしてここに立ってるんだもんね）

國臣と会う時は、愛花の服を着ろと両親から厳命されているのも、原因の一つなのかもしれない。唯花らしさが彼に知られて、結婚する前に破談になったら困るということだろう。

ため息をつくと、心配そうな顔をした店員が「コルセット苦しいですか？」と声をかけてくれた。それに唯花は精一杯の笑顔で「大丈夫です」と応じる。

（似合わないな……）

目の前の鏡に映ったドレスを纏った自分を見ながら、唯花は一人、そう思った。

『お綺麗ですよ』と言ってくれる店員に『もうちょっと考えますね』とやんわり断りを入れ、唯花はドレスを脱ぎ、試着室から出てくる。それを迎えたのは、試着室の前にいた國臣だった。

「着て出てこなかったのか？」

「ちょっとイメージと違って……」

「そうか……」

そう答える彼女に、國臣は釈然としない顔で頷いた。

唯花だって、これが普通の結婚ではないとはわかっている。だから、できるだけ愛花が着そうなドレスを選ぶべきだと思っているし、彼の意向にもそわなければとも思っている。

けれど、多少は自分に似合うものを選びたかった。

(好みじゃなくてもいいから、愛花が着そうなデザインで、私が着ても変じゃないもの……か)

それが一番の希望だ。だけど、そんなドレスがあるのだろうか。

「他に試着してみたいドレスはないのか？」

彼の言葉に、唯花は壁一面にかかっているドレスを眺める。どれも素敵なものばかりで着てみたいデザインがないこともないのだが、そのどれもが愛花の選びそうもないものばかりだ。こんな機会はなかなかないのだし、着るだけ着てもいいかなと思ったのだが、万が一『これだ！』と思うものに出会ってしまった場合、きっとそれを本番で着られなかった後悔のほうが残ってしまうような気がする。

「えっと、ドレスは今日決めなくてもいいんですよね？」

「あぁ。別に今日じゃなくてもいいぞ。来月末ぐらいまでには決めたほうがいいが……」

「じゃあ、今日はここまででもいいですか？」

昨日の今日でまだ覚悟が足りていないのかもしれない。日を置くと判断した唯花に、彼は気分を害すことなく、「それならもう出るか？」と提案してくれた。

「すみません。次はちゃんと決めますから」

國臣の運転する車の助手席に乗り込むや否や、唯花はそう言って小さく頭を下げた。

彼女のその行動に國臣は目を瞬かせた後、ふっと優しい笑みを浮かべる。

「別に急がなくてもいい。結婚式なんて一生に一度なんだから、納得できるドレスが見つかるまで探せばいい」

「でも、國臣さんもお仕事休んで来てくださったのに」

「それは別に良い。うちは部屋数も少ないし、来てくださるお客様も変な人はあんまりいないからな。俺が出て行かなくてはならない事態にはなかなかならない」

それでも色々な仕事があるだろうに、彼はそれを感じさせないような笑みを浮かべる。

「それより、これから暇か？」

「え？」

「唯花が良いなら、食事でもしないか？　話したいこともあるし……」

「唯花……」

十年ぶりのその響きに、唯花は呆けたような顔になった。

國臣はそんな彼女の表情に、首をひねる。

「どうかしたか?」

「いえ、ちゃんと名前覚えてくれてたんだなぁって」

名前を呼んだ。たったそれだけのことに、胸がジンと温かくなる。正直、忘れられているものだとばかり思っていたからだ。

「当たり前だろ? 俺は誰かさんみたいに、たった十年で人の顔と名前を忘れるような薄情者じゃないからな」

「……もしかしてその薄情者って、私のことです?」

再会した時のことを言われているのだとわかって、唯花は口をへの字に曲げた。

國臣はハンドルを切りながら、くつくつと喉の奥で笑う。

「バレたか」

「――あ、あれは! そっちが着物なんか着てくるからで! 洋服だったら絶対にわかったと思います! 眼鏡もかけてなかったですし……」

「いいや。俺が洋服だったとしても、お前は絶対に気がつかなかったな」

「そんなわけないです!」

気がつくと、声を張り上げていた。まるで、十年前に戻ったかのようなやりとりに、声色とは対照的に胸が弾み出す。

「それにもし、私が着物着て現れたら國臣さんだって気がつかなかったと思いますよ！」

「そんなわけない」

「言うのは簡単ですからね！」

「俺がお前に気づかないなんてことがあるわけないだろ？　どこにいても、何年経っても、お前が目の前にいたら気がつくよ」

瞬間、胸が高鳴った。こんなもの、リップサービスだ。それはわかっている。わかっているのに、頬が自然と緩んでしまう。

國臣は赤信号で車を止めると、唯花のほうに手を伸ばしてくる。そして、彼女のゆるんだ頬を軽くつまむ。

「やっと、調子が戻ってきたな」

彼は唇の端を開けるだけの軽い笑みを浮かべたあと、頬から手を離し、車を発進させる。

（なんなのよ、それ……）

唯花は走る車の中で、つままれた頬をひとなでした。

ああやって頬をつまむのは、國臣の昔からの癖だ。痛いということはなく、本当に軽くつまむだけ。それで唯花が顔を上げると、彼はいつも嬉しそうに笑うのだ。

一度だけ、なんで頬をつまむのか聞いたことがある。すると彼は笑って『そのほうが、顔を見てもらえるだろ？』と言ったのだ。

つまり先ほど頬をつまんだのは――

（顔を見て欲しかったってことなのかな……）

そう言われれば、久しぶりに彼の顔を正面から見たような気がする。

昨日だって顔は合わせていたけれど、記憶としては曖昧だし、何より愛花のことでそれどころではなかった。過去のこともあるので、意図的に顔を合わせないようにしていたかもしれない。

「それで、この後は暇なのか？」

話を戻すようにそう言ってきた彼に、唯花は首を振った。

「あ、すみません。今日はこの後ちょっと用事が……」

「急ぎなのか？」

「そうですね。時間があるならそっちに充てたいですし……」

「……わかった。じゃあ、送る」

一瞬の名残惜しさを見せた後、彼はそう言ってハンドルを切る。

彼の向かおうとしている方向に、唯花は慌てて声を上げた。

「あ、すみません！　そっち方向じゃないんです！」

「ん？　梶さんの家はこっちだろ？」

「あの私、今、ビジネスホテルに泊まってまして……」

國臣は大きく目を見開く。意外というような顔だ。こちらに実家があるのに、別のところに泊まっているということに驚いているのだろう。

「あ、えっと。なんか急に帰ることになったから、部屋を用意できなかったみたいで！」

なんと答えるのが正解かわからなくて、唯花はそう苦笑いを浮かべた。

正直に『家に居場所がない』とは言えない。彼と一緒に過ごしていた十年前だって、唯花は家のことを彼に愚痴ったことはなかった。一緒にいてくれる彼に『寂しい奴』だなんて思われたくなかったのだ。

唯花は國臣に悟られないよう、わざと明るい声を出す。

「でも、ビジネスホテルって結構過ごしやすいですよね！　アメニティもしっかりしてるし、のんびりできるし！　親とかいるとどうしても気を遣っちゃいますから、すごく楽しいですよ！」

「そうか。……今日もそこに泊まるのか？」

「あ。今日は、今からです……」

「今から？」

怪訝な声を出した國臣に唯花は視線を下げた。

「実は、年末だから利用者が多いみたいで、一泊しか予約が取れなかったんです。荷物は駅のほうのコインロッカーに置いてて。だから今から、ホテルを探さないといけなくて……」

最後のほうはしぼむように声が小さくなる。なんだか恥ずかしくなってきた。別にこのことに関して唯花は何一つ悪くないのだが、それでも恥ずかしいものは恥ずかしい。

「もしかして、今日入ってるという用事はそれか？」

「あ、はい。まだ泊まるところの目処が立っていないので、どれだけ回るのかも見当もつきませんし、できるだけ時間はそっちに回しておきたいなーって……」

インターネットの予約サイトでは、もうここら辺一帯のビジネスホテルはすべて満室だった。しかしこういう時でも、直接電話をかけるか、受付のほうに行けば、空きがあることもままある。唯花はそれを狙っているのだ。

でもだからこそ、どれだけ回るか見当がつかないし、時間が必要なのである。

「それなら、ウチに来るか？」

「ウチ？」

意味のわからない國臣の言葉を、唯花はオウムのようにくり返す。

「部屋が余ってるんだ。唯花がそこでよかったら」

「へ？」

（『ウチ』って、もしかして、一条庵⁉）

部屋が余っているということは、そういう意味だろう。

「いやでも！　私、そんなにお金ないですし！」

唯花は慌てて首を振る。一条庵は部屋数が少ない分、一泊の料金がすごく高い。それこそビジネスホテルとは比べ物にならない値段である。一泊二桁万円なんてのはザラで、繁忙期になると全室スイートルームか⁉　と言いたくなるぐらいの料金になってしまう。

「お金って。婚約者から金を取るわけないだろ？」

「え⁉　婚約者……」

「違うのか？」

「いや、違いませんけど……」

唯花は視線を彷徨わせ、逡巡した。正直、助かる。とてもありがたい。

ホテルを探す手間と時間が省ける上に、お金も節約できる。年末年始はこっちにいる予定だったし、ずっとビジネスホテルの生活はキツいと思っていたのだ。ここで一泊でも浮くならありがたいことである。

（さすがに何泊もするのは申し訳ないけど、一泊ぐらいならお世話になってもいいかな……）

それに、噂に聞く一条庵の客室がどうなっているかも知りたいという気持ちもある。

唯花は窺うような声を出した。

「えっと……良いんですか？」

「遠慮なんてしなくていい」

「それなら、……よろしくお願いします」

「あぁ」

そうして、國臣にお世話になると決まったのだが……


「ここは……？」

「俺のマンションだが？」

「へ？」

たどり着いたのは一条庵ではなく、彼が住んでいるマンションだった。

唯花が呆けている間に國臣はドアの鍵を開けて、中に入っていく。

「自宅のほうは両親が住んでるからな。特に父とは仕事でも一緒だろ？　プライベートまでずっと一緒っていうのは、さすがにこの歳になったらキツいからな。ここを借りてるんだ」

「そ、そうなんですね」

どんどん廊下を進んでいく國臣に、唯花は慌ててついていく。

「広いところがいいなと思って借りたら、家族向けの物件でな。部屋も何個か余ってるから好きに使ったらいい」

「えっと……」

「どうかしたか？」

「もしかして『泊まらせてくれる』って言うのは、ここのことですか……？」

「他にないだろ？　旅館のほうはもう満室だしな」

「あ……」

そうですよね、という感じだ。この繁忙期に一条庵の予約が埋まっていないはずがない。

（いやでも、さすがにいきなり家に誘ってくるとは思わないし……）

唯花は國臣のうしろを歩きながら、頬を引きつらせた。

マンションまでのこのことついてきた今『やっぱりやめます！』とは正直言いづらい。

それに、宿が決まったという安心感から、食事も済ませてきてしまっていた。外も暗くなったので、この状態で新しくホテルを探すというのは、結構現実的ではない。

「部屋はそうだな、この部屋とかどうだ？」

彼がそう言って開けたのはリビングの隣にある部屋だ。ドアを開ければ、がらんとした何もない六畳ほどの部屋が広がっている。

「式までちょくちょくこっちに帰ってくる予定だろう？　この部屋はいつでも使っていいから」

「えっと、ありがとうございます」

正直、その申し出はとてもありがたいが、毎回毎回そんなことを頼むのは申し訳ない。明日からはきちんとホテルを取るほうが賢明だろう。

唯花は辺りを見渡しながら、先ほどから頭の隅に浮かんでいる疑問を口に出した。

「あの、さっきから気になってたんですが、ここっていくつ部屋があるんですか？」

「６ＬＤＫだ」

「六？」

「あと四つほど部屋が空いている」

「そりゃそうでしょうよ！」

なんだか広いな、とは思っていたが、一人暮らしで６ＬＤＫはやり過ぎだ。唯花なんてワンルームで満足しているというのに、彼は一体、六部屋も何に使う気だったんだろうか。

何も言えずに固まる唯花に、國臣は振り返る。

「とりあえず、今日は疲れただろ？　先に風呂でも入ってきたらどうだ？」

「お風呂？」

「あぁ、その後少し話をしよう」

（どうしよう。とんでもないことになったかもしれない……）

唯花は言われた通りにシャワーを浴びながら、ぼーっと今後について考えていた。このまま予定通りに事態が進めば、國臣と一晩同じ屋根の下で過ごすことになってしまう。部屋も別々だし、彼の性格上、絶対に何もしてこないとは思うが、仮にも自分達は『婚約している男女』なのだ。万に一つぐらいは『もしかして』があるかもしれない。

「いや、ない！　絶対ない！　たぶん……ない！」

頭を抱えながら、ぶつくさそう呟いてしまう。

彼との『もしかして』を想像するだけで、どうしようもなくいたたまれない気持ちになってしまう。しかもそれが嫌ではないというところが、また嫌だった。

彼はどうせ、唯花のことを愛花の代わりとしてしか見ていないのだ。それなのに一線なんて越えたら、切なくて、苦しくて、どうしようもなくなってしまうに決まっている。

彼が子供が欲しいのかはわからないが、唯花はできれば結婚してからも彼とはそういうことはしたくないと思っていた。

（だってしちゃったら……）

また彼のことを好きになってしまう気がする。

彼の性格だから、きっと優しく、丁寧に、女性を扱うのだろう。そして唯花は、腕の中にいる自分だけが特別だと錯覚してしまうに違いない。それなのにきっと、彼はデリカシーなく、耳元で『愛花』なんて唯花のことを呼んでしまうのだ。

そうなったら、後はもうただただ地獄でしかない。

そんな想像をして、身体が冷えていく。シャワーから出ているのはお湯のはずなのに、まるで冷水を浴びているかのようだった。


唯花が風呂場から出てくると、國臣はリビングのソファにいた。彼は十年前のように眼鏡をかけて本を読んでいる。彼は唯花の気配に顔を上げると、軽く微笑んだ。

「出たか」

「あ、先にいただきました」

「なんだかまた他人行儀になってるな。シャワーを浴びながら変なことでも考えたか?」

「それは……」

図星を突かれて固くなる。どう答えていいか迷っているうちに、彼はソファの端に寄って、隣をポンポンと叩いた。座れということだろう。唯花はそれに従うように、彼の隣に腰掛けた。

國臣は隣に座った唯花のことをじっと見下ろすと、片眉を上げる。

「それにしても、唯花の部屋着はそんな感じなんだな」

「へ?」

そう言われて、唯花は自分の姿を見下ろした。今着ているのは、彼女が普段から着ている部屋着だ。学生の頃のジャージに適当なだぼっとしたシャツを着ているだけの、大変にラフな格好である。

「あ……」

「それ、高校生の時のジャージだろ？　まだ持ってたのか？」

「――っ！」

唯花は思わず、服を隠すように自分自身を抱きしめた。

全身の血が沸騰して、毛が逆立つ。恥ずかしい。恥ずかしすぎる。どうしてのこのことこんな格好で出てきたりしたのだろうか。しかも指摘されるまで、唯花は自分がどんな格好で彼の前に立ったのか気がついていなかった。

（だ、だって、パジャマとして持ってきたの、これしかなかったし！）

唯花はそう自分自身に言い訳をする。

しかもこんなの、全然愛花らしくない。彼女ならばもっと女子力の高い、可愛らしいもこもことした部屋着を着るに違いない。こんなことになるとはまったく想定してなかったので、実家から持ってきた愛花の服は外行き用のものばかりだった。

「こ、これはっ！」

「なんだかそっちのほうがお前らしいな」

「……え？」

意外な言葉に素っ頓狂な声が出た。

唯花の慌てようが面白かったのだろう、彼は口元を手で隠しながら、笑みを含んだ声を響かせる。

「昼間の服も似合ってないこともなかったんだが、なんだか唯花らしくないと思っていたからな。お前は『お嬢様』って感じじゃないだろ？」

「なっ……」

なんだかとても失礼なことを言われたような気がする。『「お嬢様」って感じじゃない』とはどういうことだ。ジャージが似合うというのも聞き捨てならない。

「私服がそうだからドレスもそっち系統がいいと思って提案したんだが、なんだかイメージとは違うし、想像してもしっくりこないし。実際に見たら違うのかなと思って待っていたのに、お前は着て出てこないし……」

唯花は更衣室前で見た彼の釈然としない顔を思い出す。

（あれって……）

そういう表情だったのか。唯花はてっきり、『俺が選んだドレスを着て見せないのか』と不機嫌になっているのかと思っていた。

「十年前は制服姿しか見てないから想像でしかなかったんだが、ああいうお高くとまった服より、そっちのほうが俺の知ってる唯花らしい」

「そう、ですか」

結構失礼なことを言われている気がする。だけど、それが嬉しかった。彼が今日一日、自分のことをちゃんと見てくれていた証拠だからだ。

唯花は申し訳なさ半分、嬉しさ半分という、不思議な表情で視線を下げた。

「あの。実はあれ、愛花の服なんです。クローゼットに残ってたのを借りて着ていたんです」

「どうりでな。でも、どうしてそんなこと……」

「私は一応、愛花の代わり、なので……」

國臣は大きく目を見開いて一瞬だけ固まると、妙に納得のいった顔で頷いた。

「だからか」

「はい？」

「だから今日拗ねてたのか」

「……拗ねてたって……」

「拗ねてただろう？」

苦笑しながら彼はそう言う。言われてみれば、『拗ねていた』と評されてもおかしくない態度だったかもしれない。けれど、そんな駄々っ子みたいに言われると、ちょっと腹が立ってくる。彼にとっては拗ねているように見えたかもしれないが、彼女としては真剣に悩んで行動した結果だ。

唯花が不満を表すように唇をすぼませると、彼はまるで子供にそうするように彼女の頭を撫でた。

「でも、そうだな。これは俺が悪いか」

「……國臣さん？」

「悪かった。嫌な思いさせたな」

彼の親指が目の下を拭う。別に涙が零れているわけでもないのに、なぜかその仕草に慰められた気がした。

「大丈夫だ。唯花は愛花の代わりじゃないし、俺もちゃんと唯花と結婚したいと思ってる」

「え？」

「だから無理に愛花になろうとする必要はない」

驚きが最初に来て、次に怒りが湧き起こった。

誰が、どの口で、そんなことを言うのだ。

「……嘘つき」

「ん？」

「そんなこと言いながら、國臣さんは私のこと愛花の代わりとしてしか見てないんでしょう？」

「そんなことはないぞ」

感情のままに吐き出した言葉を、飄々とそうかわす彼が気に入らない。

唯花はさらに語気を強めた。

「じゅ、十年前、キスしたこと覚えてます!?」

「ん。忘れてない」

「あの時私になんて言ったのか、覚えてないですよね!?」

「覚えてる」

驚くほどはっきりそう言われ、唯花は「は？」と声なのか吐息なのかわからない音を漏らす。

「『愛花に似ていたから』……だったかな」

昔と変わらない声色でそう言われ、唯花は口をあんぐりと開けたまま固まった。そしてしばらく固まった後、わなわなと唇を震わせる。

「覚えてるならなんで……」

「あれは、最初にお前が泣いたんだろ？」

「へ？」

「泣きながら『どうして』なんて聞いてくるから、それほど嫌なのかと思って、……ごまかしたんだ」

「ごまかした……？」

確かに十年前のあの時、唯花は泣いた。だけどあれは、感情が高ぶってしまったがための涙だ。嬉しくて、びっくりして、出てきてしまった涙。決して彼とのキスが嫌だったというわけではない。

「もしかしてあの言葉、ショックだったのか？」

「だって……」

当時、唯花は彼のことが好きだったのだ。だから、愛花の代わりにキスされたという事実にすごくショックを受けた。夜通し泣き続けて、翌日は学校も休まないといけないぐらい目が腫れてしまったし、声も嗄れてしまった。

でも今更そんなことは言えない。あれは十年前の恋心で、あの日あの時に、部室に捨ててきたものなのだ。今の唯花は國臣のことなど、なんとも思っていない……たぶん。

「そもそも当時の俺は、愛花とあまり交流がなかったんだぞ？　親に会えと言われた時に会っていただけだし。どうして愛花の代わりに、お前にキスをしないといけないんだ」

「じゃあ、あの時のキスは……？」

「好きだったからに決まってる」

その言葉に、唯花は何も言葉が返せなかった。頭は半分以上思考を放棄しているし、残りの半分は処理が追いついていない。でも、それでいいのかもしれない。心の底を漂うわずかな喜びに、唯花はまだ気づきたくなかった。だってもう、今更も今更だ。

「愛花がいなくなったと知って、最初に思いついたのは唯花だった。代わりが必要なら呼び寄せてくれるかなと思って話を振ったら、案の定、お前は帰ってきた」

「……」

「正直、一目会えるだけで良かったんだ。こんなおかしな理由で呼び戻されたって知ったら、唯花のことだから怒ってすぐ帰ると思っていたしな。……だからまさか、結婚まで承諾してくれるとは思わなくて、連絡もらった時は、自分の耳を疑ったよ」

「それは……」

「わかってる。親に言われて、渋々承諾したって感じなんだよな？　それか、姉妹としての責任、とかか？」

どちらも正解で、どちらも不正解だ。

本当に心から嫌な相手だったら、親に言われたって、愛花のためだからって、唯花は絶対に受け入れたりしなかった。唯花は昔からそういう性格で、そういうところも両親に面倒くさいと思われていたのだから……

（つまり、私が結婚を受け入れたのは——……）

「——っ！」

唯花は自分で自身の両頬を叩いた。パシン、という乾いた音が、部屋に広がる。そして、そのまま彼女は勢いよく立ち上がった。

「きょ、今日はもう、疲れました！　寝ます！」

唯花の突然の行動に、國臣は驚いたように目を見開く。そんな彼を視界に入れないようにしながら、彼女は先ほど使えと言われた部屋のほうにつま先を向けた。

「唯花？」

「これ以上ごちゃごちゃ考えてたら、変な結論にたどり着いちゃいそうなので、ちょっと一度頭を冷やしてきます！」

「あのな」

「今話しかけないでください！」

「だが……」

「頭冷やすって言ってるじゃないですか！」

「お前、床で寝るのか？」

「…………はい？」

唯花は怪訝（けげん）な顔で國臣を振り返る。床で寝るとはどういうことだろうか。

「言い忘れてたが、この家にベッドは一つしかないんだ」

「へ？」

「とりあえず、あの部屋にベッドを買うまで、お前は俺の部屋で寝泊まりすればいい」

本当に彼は、いつも突拍子もないことを言う。

唯花が何も言えずに固まっていると、彼は続けて「安心しろ。なにもしないから」と口にした。

「えっと……」

唯花は戸惑うような声を出す。それをどう信用すればいいのだろうか。確かに國臣は昔から紳士的な性格だが、若い男女が一つのベッドで眠って、何もないなんてことがあり得るのだろうか。と言うか、何もなかったら何もなかったで、それはちょっとショックである。

「それに、俺はここで寝るつもりだしな」

そう言って彼が指したのは自身の真下だった。正確にはソファの座面である。

「毛布ぐらいあれば、ソファでも何とかなるだろ」

「そ、そんな、悪いです！　それなら私がソファで！」

「男として、さすがにそれはできないだろ?」

彼はそう言って事もなげに笑うが、家の主人を差し置いてベッドで寝るだなんて、どうにも良心がとがめる。

(だけど、一緒に寝るわけにもいかないし……)

唯花は額(ひたい)を押さえながら、頭の中の自分と何度も話し合いを重ねる。しかし、何度脳内会議を繰り広げても、一向に國臣も唯花も安眠できるいい案は出てこなかった。

「そうだ。明日暇か？」

「まぁ、暇と言えば暇ですけど……」

脳内会議を一旦中断させて、唯花はそう答える。彼は懐(ふところ)から財布と、先ほど家に入る時に出したキーケースを取り出した。

「それなら明日、ベッドを買っておいてくれ。客間用のだが、しばらくはお前が寝るんだから好きなのを選んできたら良い。俺は仕事だからな。それとこれは、合鍵だ」

手を取られ、クレジットカードとカードキーを握らされる。あまりにも軽い感じで、とんでもないものを渡してきた國臣に、唯花は飛び上がった。

「な、な、なに渡してきてるんですか⁉」

「カードと鍵？」

「そうじゃなくて！　簡単にこういうの、渡しちゃダメですよ！」

「そうか？」

「そうです！　それにクレジットカードって、本人しか使っちゃダメなんですよ！」

「そうか。それなら現金で……」

「ごめんなさい！　そういう意味じゃないです‼」

ふたたび財布を取り出してきた國臣の手を押しとどめる。國臣は唯花が何に慌てているのかわかっていない様子で、首をひねった。そんな彼に、唯花はさらに声を大きくする。

「こういうの簡単に渡して、泥棒に入られたり、お金盗られたりしたらどうするんですか！」

「盗るのか？」

「盗りませんよ！」

「ならいいだろう？」

「いいだろうって……」

そこまで言われると、どう止めていいのかわからなくなる。國臣があまりにも堂々としているので、まるで間違っているのが自分のような気さえしてきてしまうのだから困りものだ。

「俺が俺の一存で、俺が信用している相手に俺の大切なものを渡すんだ。問題はない」

「ありますよ！　……というか、6LDKの件もそうですけど、國臣さんって本当に昔っからそういうところがありますよね。天然というか、なんというか……」

天然というよりは、大物という感じだ。彼はいつだって何に対しても大きくぶれることはないし、飄々と受け流してしまう。そういうところがとても魅力的で、素敵だと、学生時代は思っていた。

「いい加減にしないと、いつか絶対痛い目みぃ――」

『みますよ』と続けるはずだった言葉は、國臣が頬をつまんだことにより、中断された。

唯花が顔を上げると、彼は嬉しそうな顔で笑っている。

「やっと笑ったな」

「あ」

指摘されて初めて気がついた。頬が緩んでいる。唯花は慌てて自分の口元を覆（おお）った。

指先に当たる自分の頬が熱を持っているのがわかる。

國臣は彼女の頭を一撫（ひとな）でした後、風呂場に向かった。

「俺もシャワー浴びてくる。眠たかったら先に寝てていいからな」

そう言って去っていくうしろ姿を、唯花はじっと見つめることしかできなかった。

「それで本当に何もなかったの？」
「なかったわよ。國臣さん、結局ソファで寝たし……」
翌日、唯花は國臣に言われた通り、ベッドを買いに家具屋を回っていた。
そんな彼女の隣を歩くのは、双葉早苗である。ショートカットに、大きなクリクリとした目が特徴の女性だ。高校卒業以来会っていなかったので、実に九年ぶりの再会である。今は近くの幼稚園で、先生をしているらしかった。唯花がベッドを買うのにつき合ってくれている。

結局ベッドのお金は、一度唯花が立て替えておき、後で國臣が支払うという話になってしまった。唯花が寝るためのベッドなので彼に買わせるのはさすがに申し訳ないとは思ったのだが、『客間のベッドだから……』と結局は押し切られてしまった形だ。

唯花から昨晩の話を聞いた早苗は、両手で自身の頬を押さえた。

「でもいいなあ。両想いかぁ」

「りょ、両想いって！　私が彼のこと好きだったのは十年前の話で、今は何とも思ってないんだからね！　それに國臣さんだって『昔、私のこと好きだった』って話で、今はどうだかわからないわけだし……」

「でもさ、一条さんは、唯花と結婚してもいいって言ってるんでしょ？」

「それは、そうだけど……」

「つまりそれは、そういうことなんじゃない？」

「そ、そんなの、わからないじゃない！」

唯花はほんのりと頬を染めたまま、唇を尖(とが)らせる。

國臣の気持ちは、よくわからない。というか昔から、わかった試しがないのだ。彼はいつだって、飄々(ひょうひょう)と唯花のことを翻弄(ほんろう)する。そうやって翻弄(ほんろう)されること自体は嫌いではないけれど、気持ちが見えないことは不安だった。

「そういえばさ。どうして唯花は一条さんのこと好きになったの？」

「え？」

「あ、今じゃなくて、十年前の話ね。……というか、何で天文部入ったんだっけ？　唯花、別に星とか好きじゃなかったよね？」

「それは……」

星は嫌いではないが好きでもない。テレビで流星群がやってくると聞けば、空を見上げるぐらいはするが、改めて夜に星を見ようと思ったことはあまりない。

「私が天文部に入ったのは、……誘われたからかな」

「誰に？」

「……國臣さんに」

そう言って思い出すのは、やっぱり学生時代だった。

栄智学園の生徒は文武両道の精神のもと、初等部から高等部まで何かしらの部活動に入ることが義務付けられていた。したがって、初等部に入学する際と、初等部から中等部、中等部から高等部に上がる際、何部に所属したいかを紙に書かされる。幅広い年齢が集まる学校のため、部活によっては年齢制限があったり、同じ部活に所属していても初等部と中等部ではやることは別々だったりするのだが、それでも大体、初等部から高等部まで同じ部活をやり抜く生徒が大半だった。

高等部に上がりたての頃、唯花は吹奏楽部に入るつもりだった。吹奏楽部は中等部の頃からやっていたし、知っている部活の仲間もいて安心できる。しかし唯花は、入部届提出三日前にそれを取りやめた。理由は、愛花が吹奏楽部に入ると聞いたからだった。

愛花は中等部まで手芸部に所属していた。しかし、彼女が高等部に上がる際、人数が足りず廃部になってしまっていたのだ。そこで彼女は、双子の妹がいる吹奏楽部に入ることを決めたらしい。唯花がそれで吹奏楽部を諦めてしまうとは少しも思わずに……

もちろん、愛花がいても吹奏楽部を続けるという選択肢はあった。けれど、愛花はコンクールで賞を取るほどのフルートの腕前がある。比べて唯花は、吹奏楽部でも中の中だ。レギュラーの選抜でもギリギリ選ばれる程度の腕前。

もし、家だけでなく部活動でも愛花と比べられたら……

そう思うと、とても同じ部に入ろうとは思えなかった。

それから、何部に入るか決められないまま入部届の提出の期限を過ぎ、唯花は案の定、先生に呼び出しをくらったのである。

『吹奏楽部にしないのか？　ずっとやってただろう？　今年からは姉もいるんだし、そこにすればいいじゃないか』

　その先生の声に、唯花は何も答えられなかった。自分が吹奏楽部に入らない原因を愛花にしてしまいたくなかったし、たとえそれを言ったところで理解されないと思ったからだ。

　そうして三十分ほど、じっとつま先を見つめたまま先生の声を受け流し、先生の声にも諦(あきら)めが滲(にじ)み始めた頃、突然うしろから男性の声がした。

『彼女、ウチで預かりましょうか？』

　振り返れば、二十歳にいくかいかないかぐらいの男性がいた。短く切り揃えられた黒髪は艶やかで、脚も長く、顔もびっくりするぐらい整っている。

　その男性の言葉に先生は困った顔をした後、『本当に入りたい部活がないのなら、一条のところにするか？』とわけのわからないことを言ってきた。

『一条のところ、ってどういうことですか？』

『天文部に入るか？　ってこと』

　先生へと向けた疑問に、答えたのは背後にいる彼だった。

　話を聞けば、彼はここの大学生で、さらには天文学部の顧問だという。大学生で『顧問』というのはおかしな話だとは思ったのだが、どうやら栄智学園では部活の顧問は先生でなくてもいいとのことらしい。なので先生の許可さえあれば、大学生でも部活の顧問になれるということだった。

確かに、吹奏楽部の顧問も実際に教員免許があるかどうかを確認していないし、野球部の顧問は元プロ野球選手だ。だからといって、大学生で顧問だなんて、本当にできるのだろうか。

一条と呼ばれていた彼は、『部室に連れて行きます』と言って、唯花を職員室から連れ出した。

彼女は何が何だかわからないまま、彼についていく。

『あの、誘われたところ申し訳ないんですが、私、星にあまり興味はなくて……』

『いいんだ。天文部っていうのは建前で、実際はただの帰宅部だからな』

『え？』

『ウチは伝統的に帰宅部を置けないからな。名前を借りてるんだ。あ、本当に天文部に入りたい人間がいたら活動はするつもりだぞ。まぁ、まだそんな生徒に巡り会ったことはないけどな』

とんでもないことを言いだした彼に、唯花は目を丸くする。

『そんな部が、うちにあったんですね』

『二年ほど前からな。……実は、俺が作った』

『えぇ!?』

唯花の反応が面白かったのか、前を歩く彼は声を上げて笑う。

『部活動に入りたくないって後輩何人かとな。俺も静かに本が読める場所が欲しかったし、先生達も実質的な帰宅部を作りたかったみたいで。まぁ、利害が一致した形だ』

そう言って彼は、部室の扉を開ける。

『来たかったらいつでも来たらいい。ここは今日からお前の部室だ』

それが一条國臣と梶唯花の出会いだった。


「なんか運命の出会いって感じでいいね－！　素敵！」

早苗のはしゃいだような声に、唯花は現実へと引き戻される。

「素敵、かな……？」

「素敵よ！　つまり、一条さんにピンチを救われたってことでしょ？」

「ピンチってわけじゃなかったけど……」

でもそうだ。部活が義務付けられた高等部時代、放課後に行く場所をなくしてしまった唯花の居場所となってくれたのは、紛れもなく國臣だった。

早苗はさらにぐっと身を乗り出す。

「で、そこから唯花はどうして一条さんのことを好きになったの？」

「それは……」

唯花はそう口ごもった後、俯いた。頬が熱くなっているのが自分でもわかる。

「それは？」

「そ、そんなことより、ベッドを探さないと！」

「あ。はぐらかしたな」

「べつにいいでしょ！」

熱くなった顔をぷいっと逸らす。視界の端にはニヤニヤとした早苗が映っていたが無視をした。こういう話はあまり得意ではないのだ。

その後、無難でシンプルなベッドを選んだ二人は、家路につくことになった。


「ところでさ、唯花ってお正月休み中はこのままずっと一条さん家の予定？」

「え？　うん。たぶん」

マンションに帰る道すがら早苗にそう聞かれ、唯花は一つ頷いた。

昨晩の國臣の様子を見るからに、彼はそのつもりのようだった。だからこそ『ベッドを買う』だなんて話になったのだから。それに唯花としても、もう少し彼の側にいて、昨日の話の続きをしたいと考えていた。

その返事に早苗はぐっと身を乗り出してきた。

「それならさ、お正月の初詣！　一緒にいかない？　一条さんも一緒にさ！」

「な、なんで!?」

「ダブルデートしようよ！」

あまりにも突飛な提案に、唯花はひっくり返ったような声を上げた。

「ちょ、ちょっとまって！　ダブルデートって！」

「私が思うに。二人に足りないのは、話し合う時間と、離れてた十年を埋める思い出だと思うんだよね！」

早苗はしたり顔でふむふむと頷く。

「一条さん、修二とも仲いいし！　私達となら気兼ねしないんじゃない？　もしかしたら、コレがきっかけで何か関係が前に進むかもしれないし！」

「それは……」

「それとも、ずっとこのままの感じで、結婚まで行っちゃうつもりでいるの？」

それは確かに嫌だ。彼の気持ちがこちらに向いているか向いていないかぐらいは、はっきりさせておきたい。

そう唯花が頷きかけた、その時だ。

「こんなところで、何してるんだ？」

「へ？」

妙に聞き慣れたその声に振り向くと、そこには國臣が立っていた。仕事の最中なのか、再会した時と同じような和服姿だ。紺色の羽織がやけに人目を引く。寒いのか、手は組むように袖の中に入っていた。

「く、國臣さん⁉　どうしてここに⁉」

「懇意にしてくださってるお客様のお見送りにな」

そう言って彼はうしろを見た。歩道の側に黒い高級車が停まっている。客を見送った後、唯花達を見つけて、わざわざ車を停めてここまで来たのだろう。

突然現れた國臣に早苗は顔を覗かせる。

「一条さん、お久しぶりです！」

「あぁ君は、確か修二の……」

「はい。幼馴染やってます」

人の好い笑みを浮かべる早苗を見た後、國臣の視線はすぐさま唯花に戻ってきた。

「なんか『デート』って聞こえたんだが。唯花、誰かとデートでもする予定があるのか？」

「いや、それはあの……」

唯花は視線を彷徨わせた。いつもより声が低くなっている辺りがちょっと怖い。

なんだかそんな反応されると、ヤキモチを焼かれているみたいじゃないか。

「実はですね、ダブルデートとかどうかなぁって思いまして！」

「ダブルデート？」

「はい。一条さんと唯花。それと、私と修二で！」

狼狽える唯花の代わりに説明してくれたのは、早苗だ。彼女はいつもの明るいテンションそのままに、國臣に計画を話していった。


「俺は別にかまわないぞ」

早苗の『ダブルデート計画』を聞いた後、國臣はそう頷いた。

唯花は驚きで目を見開く。正直彼は、こういうのが苦手だと思っていたからだ。

「いいんですか？」

「あぁ、修二なら気兼ねもないしな。あと普通に結婚のことを伝えていなかった」

「あ、それ。私が伝えておきました！　なんか『俺に言わないとか、どうなんだアイツ』って怒ってましたよ」

「はは、らしいな」

國臣は砕けたような笑みを見せる。

早苗は、並ぶ唯花と國臣の顔を交互に見ながら、手を叩いた。

「んじゃ、決まりですね！　また修二にも確認して、私から唯花に連絡します」

「あぁ、わかった」

「えっと。……はい」

まったく口を挟む暇なく決まったダブルデートの予定に、唯花は楽しみのような、不安のような、複雑な感情を胸に抱いていた。

國臣が、唯花のことを好きだと自覚したのは、初めて彼女の唇に触れた時だった。

まるで吸い寄せられるように、重なる唇。柔らかくてしっとりとしたその感触に、なんでこんなことになっているのだろうと逡巡して、自分は彼女のことが好きなのだと、やっとそこで気がついた。

それまで彼女は、國臣にとっていずれ結婚する人の妹だという認識でしかなかった。初めて声をかけた時も、一緒に部室で過ごすようになってからも、ずっとそういう気持ちで彼女を見てきた。でも、たまにする泣き出しそうな表情や、綻ぶような笑みがどこか放っておけなくて、特に読みたい本がない時でもいつも部室に行き、彼女の側にいた。そして側にいるうちに、彼女の事情も透けて見えて、それでも弱音の一つも吐かない彼女にだんだんと惹かれていった。

その気持ちが露わになったのが、あのキスだった。

唇が離れて、目が合う。呆然とする彼女の頬には涙が流れていて、唇を押さえる指先は震えていた。輪郭から離れた涙が、二人の間にある机に跳ねる。

そこで初めて國臣は、自分がとんでもないことをしてしまったのだと自覚した。

『今の』

『悪い』

彼女の小さな声に、それだけしか返せなかった。なのに唯花は『どうして……？』とさらに追い打ちをかけてくる。

本当はここで正直に自分の気持ちを吐露（とろ）してしまえばよかったのだ。けれど、嫌悪の涙を浮かべる彼女にそんなことを言う勇気はなくて、國臣は少し考えた後、こう口にした。

『愛花に似ていたから、かな……』

そう言うと彼女は目を見開いた後、『そっか……』と下唇を噛み締めながら小さく呟いた。彼女は、制服のスカートを握りしめて、精一杯頬を引き上げながら、続けてこう吐き出す。

『次は、間違えないでくださいね。愛花も傷ついちゃいますよ？』

その苦しげな表情の意味を、國臣は十年間、嫌悪だと思っていた。よく知らない、放課後だけ一緒に過ごしている男に、唇を奪われたことを気持ち悪がっているのだと。

（でもしかしたら、違ったのかもしれないな）

そう思うようになったのは、最近だ。

再会してからの彼女は、なんというか、國臣を嫌っているようには見えなかった。戸惑っていたり、何か思いつめた表情を浮かべることはあっても、彼女が自分のことを嫌がっているようには、どうしても見えなかったのだ。特に十年前の話を持ち出してきた時の彼女は、なんというか、凄く可愛かった。

『もしかしてあの言葉、ショックだったのか？』

『だって……』

言葉を詰まらせた唯花の表情は、十年前の彼女の気持ちをいやというほどに表していた。

（両想いだったのか……）

傷つけてしまった当時のことを思い出して、申し訳ない気持ちになるのと同時に、なぜかそれが無性に嬉しかった。そして、彼女が帰郷するように仕向けた少し前の自分を、もの凄く褒めてやりたい気持ちにもなった。

唯花が今、國臣のことをどう思っているのか、それはわからない。けれど、悪いようには思われていないのではないかと思う。

だって――

「やっぱりこっちで寝ませんか？」

そうでなければこんな風に、ベッドには誘ってこないだろう。

唯花は先日買ってきたのだろう真新しいパジャマ姿で、もじもじと指先を合わせる。

國臣はソファの側でそんな彼女を見下ろしていた。


彼女と一緒に暮らし始めてから、三日が経っていた。

十二月三十日。年の瀬も年の瀬である。年末に頼んだベッドの配達は三が日以降になるらしく、まだ届いてはいない。なので、相変わらず寝室は彼女に譲り、國臣は今日までずっとソファで寝起きしていた。それがきっと彼女の良心にとがめたのだろう。

羞恥(しゅうち)で頬を染める唯花に、國臣は揶揄(からか)うような笑みを浮かべる。

「誘ってるのか？」

「な、なんでそうなるんですか！」

「男をベッドに誘うのはそういうことだろう？」

その言葉に彼女は毛を逆立てながらますます赤くなる。

「違います！　寝るだけです！　なにもしません！」

「お前がしなくても、俺がするかもしれないぞ？」

「そ、それは――」

唯花は唇を震えさせた後、泣きそうな顔で俯いた。

「な？　俺と一緒だったら、安心して寝れないだろ？」

「それでも！　そのままだと風邪ひいちゃいますよ！　それに國臣さん、今日朝から眠そうでしたし……」

「よく見てるな」

気づいていないと思っていたことを指摘され、思わずそんな言葉が漏れた。

眠たかったのはソファで寝ていたからではなく、遅くまで仕事をしていたからなのだが、彼女はどうやら自分のせいで國臣が寝不足だと思っているらしかった。

「私は、明日も休みだからいいですけど、國臣さんは仕事ですよね？　私のせいでお仕事に支障をきたすのはあれなので……」

國臣は唯花の真っ赤になった耳をつまむ。瞬間、彼女は飛び上がった。

「ひゃっ！」

「赤いな」

「だ、誰のせいだと思ってるんですか……」

耳をつまんでいる手を振り払うことなく、恥ずかしそうな顔で睨めつける彼女に、背筋がざわざわした。

（可愛いな……）

このまま押し倒してしまいたい気持ちを理性で抑えつける。

潤んだ瞳はもっと泣かせてやりたいと思うし、赤い首筋には痕を残したい。生意気なことばかり言う唇はずっと塞いでいたいし、そのくせ彼女のあられもない声は何時間だって聞いていたい。

（再会してからずっとこんな感じだな）

数日前まで、彼女は國臣にとってただの思い出だったはずだ。忘れたいのに、忘れたくない思い出。なのにふたたび顔を合わせた今では、十年前と同じぐらい、いやそれ以上に彼女のことが可愛くて仕方がなくなっていた。

「それなりに意識はしてくれた上で、誘ってくれてるってことか」

赤く火照る彼女の首筋を見ながらそう言った後、國臣は唯花を抱き上げた。

「ふぉぁ!?」

変な声を上げた自覚があるのだろう、唯花は慌てて口を覆う。そんな彼女の仕草に、國臣はくつくつと喉の奥を鳴らした。

「そこまで言ったんだ。安眠のために抱き枕ぐらいにはなってくれるんだろう？」

「抱き枕……ぐらいですよ？　変なことはしないでくださいね！」

「わかってる」

「変なことしようとしたら、な、殴りますよ！」

「それは怖いな」

「本当ですからね！」

そう言いつつも抱かれたままになっている彼女が可愛い。口をすぼめている顔は愛らしいし、自分の隣で國臣が安眠できると思っている無自覚なところも憎めない。

（こっちのほうが寝不足になりそうなんだが……まぁ、いいか）

ちょっぴり切なくも甘い夜を想像して、國臣は唇を引き上げるのだった。

第三章　初詣

『唯花が吹奏楽部に入らなかったのって、愛花が原因なのか？』

天文部に入ってから半年後、そう聞いてきた彼に唯花は目を瞬かせた。

窓のほうに向いていた顔を國臣のほうに向けると、彼は椅子から立ち上がりゆっくりと歩いてきて、唯花の隣に並び立つ。そして、先ほど唯花が見ていた方向を見つめた。

彼女も倣うように視線を戻す。二人の視線の先には愛花がいた。

彼女は吹奏楽部の仲間達と楽しそうにトレーニングに励んでいる。吹奏楽部は意外にも身体を使う部活で、腹筋背筋はもちろんのこと、週に一度は走り込みだってするのだ。

そして、その日はたまたまトレーニングの日のようだった。

『やっぱり、姉妹が同じ部活っていうのは気が引けるのか？』

『そう、ですね。ちょっと……』

國臣の質問に、唯花はそう言葉を濁す。

運動場で汗をふく愛花は、もう部活動のメンバーと打ち解けているようだった。もう誰も唯花がいなくなったことを気にかけてはいないように見える。

（あそこにいたのは私なのにな……）

自分で出て行っておきながら、そんな風に妬むのは身勝手だろう。それはわかっている。だけど、当時の唯花はそう思わないとやっていられなかった。

『愛花が羨ましいのか？』

突然の質問に顔を上げる。見下ろしてくる彼の視線は優しくて、それだけでなぜか少しだけ救われたような気になった。

『そうですね。ちょっと、だけ』

『……そうか』

それ以上何も言わない彼が優しいと思った。『途中入部したらいい』とか『愛花と話し合ったらいい』なんて言われた日には、きっとここにだっていづらくなる。何も聞かない、何も言わない、その距離感がとてもありがたかった。唯花は愛花を囲うように、窓に円を描く。

『愛花って「愛」される「花」って書くんですよ』

『ん?』

『愛花らしい名前ですよね。……私とは大違い』

彼の優しさに触れたからか、唯花の口はいつもなら絶対に吐かない弱音を吐きだした。

ずっと思っていた。どうして愛花は『愛される花』で、自分は『唯の花』なのだろうかと。双子なのに、どうしてこんなに違うのだろうかと。

『まあ、唯花ってのも、かっこいいとは思うんですけどね!』

黙ってしまった國臣に唯花は慌ててそう言い繕った。わざとらしくならないように唇を引き上げると、変な雰囲気を作ってしまった自分を恥じた。これでは卑屈にも程がある。

苦笑いで頬を掻く唯花の頭に温かい手が載った。

『俺は「唯花」って名前も悪くないと思うぞ』

『え?』

『「唯」一の「花」って響きがいい。他にはない、何物にも代え難い、そんな意味がある気がしないか?』

唯花は大きく目を見開く。

『俺は万人に愛される花よりも、何物にも代え難い花のほうが、ずっといいと思うけどな』

頭に載っていた手が頬に滑る。頬をつままれて顔を上げれば、彼はふき出すようにして笑った。その言葉が、笑みが、優しくて、少しだけ泣いてしまいそうになったけれど、そこは意地で我慢した。だって今泣いてしまうと、彼が頬を離してしまうかもしれないから。

胸の中に温かい感情が満ちてくる。それと同時に、切なく、悲しくもなった。

(愛花は良いな。こんなに優しい人と結婚できるんだ)

彼がどういう意味でその言葉を言ったのかわからない。けれど、その言葉がきっかけで唯花は自分の名前が好きになれた。そして『唯の花』ではなく『唯一の花』になりたいとも思った。

できることならば、彼の唯一に――

朝日が瞼を焼いて、唯花はゆるゆると目をこじ開けた。視線の先にある天井は、まだ見慣れない。首だけ動かしベッドの脇にあるデジタルカレンダーを見ると、日付は『一月一日』となっていた。

元日だ。早苗の企画したダブルデートの日である。

(國臣さん、起きてるかな……?)

寝ぼけた頭のまま唯花は身を捩った。彼は昨晩遅くまで書類とにらめっこしていた。

リビングから物音もしないし、もしかしたらまだ寝ているのかもしれない。

(それなら早く起こしたほうがいいよね)

唯花は身体を起こす。すると、腹部に載っていた何やら重たいものが下にストンと落ちる。見てみればそれは人の腕で、辿(たど)った先には國臣がいた。

「へ!?」

驚きで変な声が出る。唯花は数秒固まった後、ようやく状況を飲み込んだ。

(そっか、おとといから一緒に寝てるんだった)

彼はまだ夢の中にいるようで、長いまつ毛を伏せたまま、静かな寝息を立てている。

唯花は彼の前髪をすいた。今の自分の気持ちはまだわからない。

(唯一の花か……)

けれど彼と結婚するなら、彼の唯一になりたいと、それだけは思っていた。

「あけましておめでとうございまぁす!」
集合場所としていた神社で、いの一番に新年の挨拶(あいさつ)をしたのは、やはり早苗だった。
唯花も倣(なら)うように「あけましておめでとうございます」と頭を下げる。國臣も同じように小さく頭を下げた。そんな二人に早苗は「堅苦しいなぁ」と肩を震わせる。

早苗の隣には、どこか見覚えのある男性の姿があった。彼が、早苗の幼馴染(おさななじみ)である『修二』だろう。その証拠のように、國臣は修二に向かって片手を上げた。

「久しぶりだな」

「つい最近同窓会で会ってるから久しぶりじゃないし。大体なんでお前、俺に結婚のこと言ってねえんだよ！」

どこか怒ったような対応をする修二に、國臣はまったく動じていない様子で首を傾げた。

「結婚なんて報告することか？」

「することだ！　一応、俺はお前の友人だろうが！」

「友人だからこそ、式の招待状が届いたら自(おの)ずとわかることだろう？」

「式をする前にちゃんと祝わせろってことだよ！　お前そういうところ抜けてるよな！」

「修二は昔からそういうところにこだわるよな」

いがみ合ってるようだが、二人とも本気ではないようで、口角は上がっている。きっと大学生時代も、こんな風なやりとりを繰り広げていたのだろう。

そう思ったのは唯花だけではないようで、早苗は修二を見上げると、こう口にした。

「二人って、大学でもいつもそんな感じだったの？」

「そうだな。まあ概ね、こんな感じだ」

「こういうやりとりの後に、暁人が『まあまあ』って感じで割って入るのがいつもの流れだな」

「そういうのをいつもの流れにすんなって言ってんだよ！」

「それは修二と価値観が違うんだからしょうがない」

修二の言葉を國臣は飄々とかわす。見たところ、國臣のほうが修二より一枚上手といった感じだ。

唯花は國臣の袖をついついとひく。

「あの、暁人さんってどんな方なんですか？」

話の流れ的におそらく修二と國臣の友人なのだろうと言うことは理解できる。しかしそれだけだ。学生時代も彼の名前を聞くことはなかったし、会ったこともなかった。

國臣は難しそうな顔で顎を撫でる。

「暁人？　まぁ、一言で言ったら『王子様』って感じのやつだな」

「おうじさま？」

「えっとね、アイドルみたいな？　会えば一発でわかると思うんだけどなぁ」

早苗も暁人のことを知っているようで、唯花にそう教えてくれるのだが……

「アイドルで王子様？」

聞けば聞くほどよくわからない。とりあえず顔がいいということだろうか。

「あれ、國臣？　早苗に修二も……」

唯花がさらに首を傾けたその時、背後で知らない男性の声がした。振り返ると、女性と見間違うぐらいに顔が整った男性がこちらを見たまま目を丸くしていた。繋（つな）いだ手の先には女性がいて、彼女はおろおろと視線を彷徨（さまよ）わせている。……恋人だろうか。

「三人とも、偶然。何してるの？」

彼はこちらに向かって歩きながら、形の良い唇の端を引き上げる。

その完璧なまでの王子様スマイルに、唯花は彼の正体を理解した。


ダブルデートがトリプルデートになったことには驚いたが、それなりに楽しい初詣だった。

修二と早苗はひたすら夫婦漫才のような雰囲気で文句を言い合っていて笑ったし、暁人と彼の女友達である雨音（あまね）は、なんだかとっても初々しかった。人も多かったのでゆっくりはできなかったが、おみくじを引いたり、神様に願い事をしたり、お守りを買ったりできたのは、とってもいい思い出になった。

「今年は初日からついてますね」

先ほど引いた『大吉』のおみくじを胸に抱いたまま唯花はそう言う。その隣で國臣は

『小吉』のおみくじに目を通していた。

二人が歩いているのは、神社近くの大通りだった。大きな商店街からは一本ずれているので人通りは少ないが、平日の朝ともなれば学生でごった返す通りである。

唯花の他には國臣しかおらず、残りのメンバーはもう帰ってしまっていた。

伸びた影を背中に背負いながら二人は歩く。

「今日はそんなについてたか？」

「ついてましたよ！　だって今日は修二さんにも暁人さんにも会えたじゃないですか！」

彼女の言葉に國臣は少し驚いたような顔つきになった。

「お前もああいうのが好きなのか？」

「へ？」

「どっちだ？」

「……どっち？」

「修二か？　それともやっぱり暁人のほうか？」

「ち、違います！　違います！」

ようやく國臣の言葉の意味を理解して、唯花は首を振った。そういう『ついている』ではない。

「な、なんだか、おかげで國臣さんの違う一面が見れたなぁって！　私が言いたかったのは、それだけです！」

早口でそう言うと、彼は片眉を上げた。

「そうか。……お前が好きなのは俺だったか」

「それも違いますからね！」

反射的にそう答える。彼はそれを受けて楽しそうに笑っていた。

（なんか、楽しいな）

学生時代に戻ったみたいだった。些細なやりとりが楽しくて、冗談ばかり言い合って、たまに触れ合った指先に心がときめく。頬に照りつける夕焼けが、さらにその気分を高めていたのかもしれない。

國臣も同じ気持ちだったのだろうか。彼は分かれ道に差し掛かるとピタリと足を止め、時計を見た。そして――

「まだ時間があるな。唯花がよかったら、このまま学校のほうにでも行ってみるか？」

そう提案してきた。唯花は戸惑うような声を出す。

「今からですか？　でも、さすがに元日なんて誰もいないんじゃ……」

「いないから行くんだ」

「え？」

「まだ、秘密の通路が健在かもしれないぞ？」

いたずらっ子のように笑う彼に誘われて、唯花は学校へと続く坂を登り始めた。

『秘密の通路』というのは唯花達が学生時代によく使っていた、外へと通じる出入り口のことだ。栄智学園の敷地はフェンスで覆われており、正門と裏門以外、誰も出入りすることなどできない造りになっていた。

しかし、旧校舎の裏にあるフェンスだけは違ったのだ。旧校舎裏に張り巡らされているフェンスの端の、さらに端のほう。実はそこだけ、フェンスが破れていた。普段は隠されていてわからないが、鉄線を折り曲げるようにフェンスを捲れば、人がひとりぐらい出入りできるような隙間が生まれる。そこを二人は『秘密の通路』と呼んでいたのだ。

「本当に、まだあるだなんて思いませんでした」

「俺もさすがに修復されていると思ってたな」

二人は秘密の通路を通り、旧校舎へやってきていた。木の軋む音を聞きながら、古い木造建築の廊下をゆっくりと歩く。まだ日が差しているものの辺りは暗くなり始めており、空には厚い雲があった。もしかしたら一雨ぐらい来るかもしれない。もしくは雪か。

二人は迷うことなく、部室へたどり着いた。

木製の引き戸を開けると、ふわりと埃が舞う。夕日を浴びて、小さな埃があの頃の思い出のようにキラキラと輝いた。

「結構、そのまま残ってるんだな」

「そうですね」

「ここら辺で唯花はいつも過ごしてたな？」

「國臣さんはここが定位置でしたよね？」

　唯花は当時を思い出しながら、彼が使っていた椅子の埃（ほこり）を払い、腰掛ける。そこからは唯花のかつての定位置がよく見えた。

　國臣は慣れた手つきで棚の上からダンボールをおろしてくる。その中には、オセロや将棋（しょうぎ）、チェスなどといったボードゲームが入っていた。

「久々にするか？」

「別にするのはいいですが、私結構強くなったので、負けませんよ？」

「それは楽しみだな」

　そして二人は机の上にオセロを広げた。そしてあの頃と同じように、ゲームを始める。國臣が黒で、唯花が白。本来は黒が先行なのだが、いつも彼は唯花に先行を譲ってくれていた。

　ゲームをしながら國臣は口を開く。

「そういえば、俺が卒業した後、この部室は使ってたのか？」

「あ、はい。放課後はここでひたすら勉強してました」

「勉強？」

白の面を上にしてオセロの石を置きながら、唯花は十年前のことを思い出していた。

「ここじゃない、別の大学を受験したくて。いわゆる受験勉強です」

「こっちにはいたくなかったか？」

「もちろんそれもありますけど、……自分を変えたくて」

國臣は顔を上げる。唯花の視線は盤面に向いたままだ。

「私、それまでずっと愛花の陰で生きてきたんです。だけど、もう陰にいたくないなって、ここで國臣さんと話すうちに思うようになって……」

雨が降ってきたのだろう、窓ガラスが不規則に音を立てる。

二枚ほど黒を白に変えて、唯花は國臣にターンを譲る。

「誰かの陰で生きるんじゃなくて、背筋を伸ばして生きられるようになったら、私も誰かの唯一になれるかなって」

「……で、どうだったんだ？」

「誰かの唯一になることはできなかったですけど。とりあえず、自分のことはなんとか好きになりました」

唯花ははにかむように笑う。國臣もつられるように優しい顔になった。

「よかったな」

「はい。……全部、國臣さんのおかげです」

「それは違うだろ。どう考えても、お前が頑張ったからだ」

「確かに私も頑張りましたけど！　……でも振り返ってみれば本当に、國臣さんのおかげで変わろうって思えたんです」

キスの件は傷ついたが、それでもきっかけにはなった。あれから唯花は『このままじゃいけない』『このままではいたくない』と思い始めるようになったのだから。

彼女は鞄を探ると、小さな紙袋を取り出した。そして、それを彼に差し出す。

「あの、これ」

「これは？」

「泊めていただいているお礼です。ベッドのお金には全然足りないですけど、何かしたくて！」

國臣は呆然としたままそれを受け取る。開けるとシンプルな男性ものの手袋が入っていた。

「手袋？」

「國臣さん、前に道路沿いで会った時、寒そうにしていたので！　和服に手袋なんて合わないかなとも思ったんですが。シンプルなのを選んできたので、お客さんに会わない時だけでもしてもらえたらなと思って……」

冬なのにもかかわらず、恥ずかしさで全身が熱くなる。本当はもっと前に渡そうと思っていたのに、羞恥と、ためらいと、彼がどういう反応するかわからない恐怖で、結局今までずるずる渡さずに来てしまっていた。

國臣はサイズを確かめているのか右手にだけ手袋をはめる。そして、手にはまった手袋を見て、嬉しそうに頬を引き上げた。

「ありがとう」

「……どういたしまして」

「大切にする」

「そうしてもらえると嬉しいです」

熱くなった耳に國臣の左手が当たる。そして、そのまま頬を包み込んだ。手袋をしてない左手は、彼の体温を嫌というほど唯花に伝えてくる。

「大切にする」

もう一度繰り返されたその言葉に、心臓が高鳴った。手袋のことを言っているのだとはわかるが、こんな風にされるとどうにも勘違いしてしまいそうになる。

「なんか、そんな風にされると、私のことを言ってるみたいですね」

わざとおどけた風にそう言うと、彼の左手は唯花の耳の輪郭をなぞった。

「お前に言ってる」

「え？」

「唯花、好きだ。大切にするから、結婚してくれないか？」

息が止まった。信じられないといった面持ちで國臣を見ると、彼もまた少し赤い顔で片眉を上げている。

「そういえばちゃんとプロポーズしていないなと思ってな」

「……プロポーズ？」

「唯花。大切にするから、……俺の唯一になってほしい」

その言葉で、彼が十年前のやりとりを覚えていたのだと理解した。一人で大切にしていた思い出を彼も大切にしてくれていたのだと。

瞬間、十年前にキスと一緒に捨ててきた感情が、自分の中に戻ってくるような感じがした。あの、切なくも温かい、幸せな感情が。

唯花は、國臣の手に自分のそれを重ねた。心臓がうるさい。

「私も、國臣さんの唯一になりたいです」

震える唇を必死に動かしそう言うと、彼はふっと笑い、唯花の頬をつまんだ。

その行動に顔を上げると、彼は身を乗り出してくる。そして、上を向かされた。

彼の大きな瞳に、唯花の瞳が映り込む。彼の吐息を唇で感じて、唯花は大きく目を見開いた。

「今日は泣いても勘違いしないから安心しろ」

そんな意地悪な言葉の後に唇が重なる。

それは、あの頃の子供の戯(たわむ)れのようなキスではなかった。互いに互いを食べてしまうような、深くて、熱い、大人の口づけ。唯花の輪郭を掴(つか)んでいた彼の手は、いつの間にか後頭部に回され、彼女を逃がさないように固定している。

「好きだ。今も」

「私も……、すき、です」

あの日、あの時、するはずだった想いの交換を、二人はそうやり直した。

こういう気持ちを、背徳的、というのだろうか。

もう使われていないとはいえ、学び舎だった場所で、二人は唇を合わせていた。本棚に背を預けた状態の唯花は、國臣のシャツを掴(つか)んだまま彼の求めに必死に応じる。部室の中は暗く、窓の外では雨が降っていた。

「ん」

「はぁ……」

下唇を甘く噛まれ、ひるんだところに舌が差し込まれる。鼻にかかったような声が唇と唇の間から自然と漏れて、それを聞いて彼はまた深く唇を合わせた。

「んふ……」

　なんとなく、これで終わってくれないことはわかっていた。彼の欲情した瞳は、彼女に『もっと』を求めてきている。もしかしたら、この場で彼は唯花を自分のものにしてしまおうと思っているのかもしれない。それを裏付けるように、彼の唇は彼女のそれから一旦離れ、今度は鎖骨に落ちてきた。

「ぁっ」

　そして、止める間もなく赤い痕をつけられる。白い肌に散った赤い花びらを、彼は一度だけ満足そうに見つめて、そうしてまた首元に顔を埋めた。

「あ、んんっ」

　ちゅっちゅ、というリップ音とともにピリッとした痛みが走る。しかし、脳に届いた後でその痛みは快楽に変換され、身体中を火照らせた。唯花は抗いがたいその快楽を振り切り、必死に声を上げる。

「あ、あの。國臣さん！」

「なんだ？」

「こんなところで、するんですか？」

「ダメなのか？」

「す、するのは良いんですけど、でも……」

彼とそういうことがしたくないわけじゃない。ただ、場所は選んで欲しいと思ったのだ。学生時代を過ごしたこの場所で彼と身体を繋げるのは、なんとなく恥ずかしいし、どうにもいたたまれない。

國臣はふっと笑って唯花の頬を撫でる。その仕草はひどく優しい。

「大丈夫だ、安心しろ」

その言葉に安心したのもつかの間、彼はニットの中に手を差し入れてきた。

「唯花が悪いんじゃない。……やまない雨が悪い」

「――っ！」

そのままブラジャーの下にまで入り込んだ手は、勝手に胸を揉みはじめる。

「やん、ぁ、ぁっ」

「でもまぁ、俺が止まれないのは可愛すぎるお前が悪いのか」

先端をつままれて、声もあげず喉が仰け反った。指先で押しつぶすようにくりくりとこねくり回されて、目に涙が浮かんでくる。声も抑えられない。

「ぁぁ、んっ、いやぁ――」

気がつけば、ニットは首元にたくし上げられており、彼の舌先は胸元を滑っていた。

「あんっ、ゃだ――」

「感じやすいんだな」

先端に歯をたてられ、じわりと下腹部が濡れる。蜜が溢れたのだ。唯花は國臣のシャツを掴んだまま、いやいやと首を振る。しかし、彼はやめてくれる気配はない。

「ちゃんと可愛すぎる責任は取らないといけないからな」

「ぁっ——」

その言葉とともに、スカートの中に手が入ってきた。彼の指先は迷うことなく中心へとのび、ショーツ越しに秘所をなぞる。

「もう濡れてるな」

「んぁ、ぁぁ……」

クロッチを横にずらし、彼は追いすがる唯花の身体を支えながら指に蜜を絡ませる。

「ぁぁんっいやぁ——」

ゆっくりと進んだ指はなんの抵抗もなく埋まった。裂肉がひくつき、きゅうきゅうと彼の指を締め付けている。呼吸がうまくできなくて、頭もぼーっとしてしまう。

「もしかして初めてじゃないのか？」

指を動かしながら発した國臣の言葉に、唯花は顔を上げる。確かに唯花は、社会人になってから何人かの男性と付き合って、身体も重ねた。けれど、どの人ともあまり長くは続かなかったし、ここ数年はそういう色恋沙汰もない。しかし、身体は開かれる快楽を覚えていたようで、蜜を垂らしながら喜んで國臣の指を締め付けている。その様子に彼は唯花の男性経験を知ったようだった。

「俺はあんまり自分の人生を後悔したことがないんだ。……でも、今人生最大の後悔をしてる」

「え?」

「あの時お前を逃がしてしまったせいで、お前は他のやつに抱かれたんだな」

「ん」

その瞬間、噛みつかれるようなキスをされた。彼は唇を塞いだ状態で、唯花の内壁を強く擦り上げる。

「んん——っ!」

弱いところを刺激され、目の前がチカチカする。あまりの激しさに、立つこともままならない。

床には彼女から溢れた液体が水たまりを作っていた。

「大丈夫だ。別に怒ってないし、ちゃんと優しくしてやる」

その低い声に説得力はない。彼は唯花から指を抜くと、ベルトを外した。くつろげたズボンと下着から彼の太い雄が顔を出す。その光景に唯花は息をのんだ。

「それ——っ」

「ただ、一度で終われるとは思うなよ?」

國臣は上唇を舐(な)める。そうして彼女の片脚を持ちあげると、少しも遠慮することなく彼女を下から突き上げた。

第四章　いらない自分

それは二人が両想いになってから二ヶ月ほど経った、週末――

「……うか。それは、まずいな」

唯花は遠くから聞こえる國臣の声で目を覚ました。一糸まとわぬ姿で、彼女は身体を起こす。隣には彼はおらず、声もリビングからするようだった。

彼女は昨晩、再会とともになかば無理やり剥(は)ぎ取られた服を着て、リビングを覗(のぞ)く。

國臣は誰かと電話しているようだった。

(こんな夜遅くに誰と話してるんだろう……)

「とり……ず、もう書類が……状態なら出して……ほうがいい。次の宿は……から……」

細かなところまでは聞こえないが宿や書類なんて言葉が飛び交っているので、きっと仕事の電話だろう。しかし、いつにない彼の必死な声が、妙な不安を掻(か)き立てた。

「わかった。それ……、しょうがないな。……うん。……だな」

「そ……、連絡は……。あぁ、わかってる。愛花は……から……」

（え？）

「愛花……？」

急に出てきた姉の名前に、唯花は大きく目を見開く。

（どういうこと……）

唯花は服の胸元をギュッと握りしめると、不安げな瞳をじっと地面に向けた。

年末年始の休みが終わった後、唯花の生活の拠点はまた家と職場があるところへと戻っていた。結婚とともに近くの支店に異動させてもらう話にはなっているのだが、式まではまだ三ヶ月もあるので今は週末に國臣のマンションに泊まりに行く形で二人は愛を育んでいる。その中で二人は結婚式の準備をしたり、新生活の話し合いをしていたのだが……

（『愛花』ってどういうことなんだろ……）

そんな幸せな生活の中で降って湧いたのが、あの電話の話だった。

唯花は先週の夜に聞いた電話の内容を反芻する。

（書類とか、宿とかはよくわからないけど。もしかして、愛花が見つかったってことなのかな……）

行方不明だった愛花が見つかる。それは唯花にとっても、誰にとっても、喜ばしい話であるはずだ。家から出るにしても、あんな失踪みたいな形ではみんな心配するし、一条家のほうだってこのままでは妙な罪悪感を持ったままになってしまう。

しかし、彼女には心から手放しで喜べない理由があった。

（大丈夫だってわかってるけど……）

國臣のことだ。彼が今、唯花のことを好いてくれているのだということはちゃんとわかっている。愛花が帰ってきたぐらいでは、その気持ちは揺るがないだろう、それもわかっている。

だけど、不安なのだ。万が一もないとはわかっていても、可能性はゼロじゃない。國臣だって一度は愛花との結婚を承諾していたわけだし、十年間会っていなかった姉がどんな綺麗な女性になっているかも、唯花には想像できない。

「……か」

（國臣さんに聞いてみたほうがいいのかな）

「ゆい……」

（でも、直接聞いて『愛花が見つかったの？』なんて聞くのはちょっと怖いし……）

「唯花？」

「え――!?」

顔を覗き込まれ、思わず仰け反った。目の前には心配そうな顔をする國臣と、結婚式のプランナーをしてくれている女性がいる。

（あ、そういえば今日は招待客の席ぎめで……）

式場を訪れていたのだ。國臣は心配そうな顔で唯花を覗き込む。

「大丈夫か？」

「あ、はい！　大丈夫です！」

「気分でも悪くなったか？」

「いえ、そういうわけじゃなくて！　ちょっとぼーっとしちゃっただけなんです。すみません」

唯花が頭を下げると、國臣は確かめるように彼女の頬を撫でた。

「何かあったらすぐに言えよ？」

「はい。ありがとうございます」

手のひらから伝わる体温に、心が落ち着いていくのがわかる。

彼は愛花が現れたって心変わりするような人じゃない。だから、大丈夫。

（今日、聞いてみてもいいかもしれないな……）

いつまでもこうして一人悶々としているわけにもいかないし、聞いてみないと何事もわからないものだ。

明日は月曜日で仕事があるため家のほうに帰らないといけないが、二人で夕食を食べる時間ぐらいはあるだろうし、その時にふんわりと聞いてみてもいいかもしれない。

（大丈夫だよね？）

頬を撫でる彼の手を、唯花は自分の手で覆う。すると國臣も嬉しそうな表情を浮かべてくれた。


それから話し合いは進み、ある程度纏まったところで今日はお開きということになった。残りの話し合いは来週へと持ち越すらしい。すごく大きな式にする予定はないのだが、やっぱり一生に一度の大舞台の準備はやることが多い。

いろいろな参考資料をもらって、もう帰ろうかという時、突然國臣のスマホが鳴り響いた。彼はかけてきた相手の名前を見ると、顔をしかめ、「ちょっと出てくる」と言い残し、フロアを後にする。

そうして十分後、帰ってきた彼は微妙な表情を浮かべていた。

「どうしたんですか？」

「ちょっとこの後用事ができた」

「え?」

「だから今日の夕食は一緒に食べられそうもない。悪い」

申し訳なさそうに頭を下げる彼に「平気ですよ」と頬を引きあげ、唯花は家に帰るため電車に乗り込むのだった。

◆◇◆

翌日、妙な胸騒ぎを覚えたまま唯花は仕事をこなしていた。と言うのも、あれから國臣からの連絡がないのだ。いつもなら『ちゃんと家に帰ったか?』から始まり、『おやすみ。また明日連絡する』ぐらいまでポツポツと連絡があるのだが、昨日は唯花を駅まで送ったっきり連絡はない。

(なにかあったのかな……)

國臣が普段こまめに連絡する人ではないことはわかっているが、これはちょっとおかしい気がする。先週のことといい、なんだかちょっと不穏な雰囲気だ。

(何もないといいけど……)

しかし願いは、その日の夜砕かれることとなる。

事態が変化したのは、彼女が借りているマンションに帰ったと同時だった。玄関先で鳴り響いた電子音に、唯花は靴を脱ぎながら相手を確かめる。そして、目を見開いた。

「お母さん？」

久方ぶりの母親からの連絡だった。しかも、電話。いつもならメールをしてくるだけなのに、電話というのは大変珍しい。

（何の用だろう……）

唯花は息を飲んだ後、緊張した面持ちで通話ボタンを押した。

最初に耳に飛び込んできたのは、本当に久しぶりに聞く機嫌のいい母親の声だった。

『あぁ、やっと出た！』

「えっと。どうしたの、お母さん」

『今日は、貴女に伝えたいことがあってね』

明るい彼女の声になんだか嫌な予感がする。唯花はスマホを握り直した。

『唯花、ありがとう』

「えっ？」

突然のお礼に唯花は面食らう。母親は驚く唯花を置いて、話を進めていく。

『今日まで愛花の代わりに國臣さんの婚約者をしてくれて、ってことよ』

「どういうこと？」

『あら？　國臣さんから聞いてないのね』

「何を……」

『愛花が見つかったのよ』

耳に飛び込んできた情報に、唯花は言葉を失った。

『あの子、近くのホテルに寝泊まりしていたのよ。連絡したら國臣さんもすぐに駆けつけてくれてね、やっぱり彼も愛花のほうが良かったのねってお父さんと話していたところよ』

「それっていつの話？」

『昨日の夕方よ？』

（じゃあ、昨日の電話って……）

國臣の元へかかってきた電話は母親からのものだったのか。それを聞いた瞬間、なぜ彼女が自分に連絡してきたのかを唯花は理解した。

『……ということだから、貴女の役割は終わったわ。今日までご苦労様』

「ちょっと待って！　二人はなんて言ってるの？　承諾してるの？」

電話を切られそうになり、唯花は慌ててそう聞いた。その質問に彼女の声は急に険を帯びる。

『何を勘違いしているのか知らないけれど、愛花がいなくなったのはただのマリッジブルーよ。当然、結婚には同意してるわ。むしろ、國臣さんが待っていたことに安心してるって感じだったわね』

「國臣さんは？」

『逆に聞くけれど、國臣さんが愛花と貴女を比べて、貴女を取ると思ってるの？』

　唯花は下唇を噛みしめた。少し前なら『思わない』と答えていたかもしれない。けれど、今は違うのだ。彼の気持ちだって、自分の気持ちだって、ちゃんとわかっている。

「……思ってる」

　静かな声でそう断言した唯花に、電話口の母親はぐっと押し黙った。

「國臣さんの気持ちは変わらないと思ってるし、私は國臣さんと結婚したいと思ってる。お母さんは私に諦めさせるために電話をしてきたのかもしれないけど、私は諦めないから」

『……酷い子ね』

「え？」

『貴女は愛花からなにもかも奪ってくのね』

　怒りを滲ませた母親の声に、唯花は戸惑う。

「どういうこと？」

『貴女はいつもそうじゃない。生まれた時から身体が弱かった愛花とは違って、まるで貴女は愛花の元気を全部奪ったかのように身体が強くて！　なのに貴女は、床に臥せっている愛花を顧みることもせずに、まるで自慢するように友達と外で遊んでみせたじゃない！　貴女はよくお土産だってどんぐりとか葉っぱとか拾って帰ってきたけれど、あれを見て、愛花は「私も外で遊びたい」ってよく泣いてたのよ』

「それは……」

確かに幼い頃の愛花は、身体が弱かった。そんな彼女を気遣って、唯花はよくお土産と称して取ってきた葉っぱや虫などを見せていたのだが、そのせいで愛花が泣いていたというのは知らなかった。

『あの子の身体が良くなってからもそうよ！　愛花はウチのために！　いつ一条家に嫁いでも恥ずかしくないように！　いくつもの習いごとをして自由な時間なんてほとんどないのに！　貴女はいつだって遊んでばかり！　貴女が自由を得てる分、あの子が不自由をしているのに、貴女はそれをまったくわかっていない！』

「私は……」

『それなのに？　それなのに貴女は、愛花の幸せまで奪うの？　責任だけ押しつけて、家から逃げて、幸せまで奪ってくのね。あぁ愛花、可哀想に。ろくでもない妹を持つと、本当に苦労するわね！』

母親はまるでマシンガンのように次々と言葉を吐き捨てる。それに唯花は何も言い返せないでいた。

彼女の言葉すべてに納得はできないが、少なくとも愛花の犠牲の上に唯花の自由は成り立っていたのだろう。それは言うとおりだ。それに、愛花を残してあの家を出た。その事実は消えはしない。

『少しでも愛花に悪いと思うのなら、二人の幸せぐらいは邪魔しないことね！』

そのまま電話は切られる。

暗くなった画面を見つめながら、唯花はスマホをぎゅっと握りしめた。

『私、國臣さんとは結婚できません。他に好きな人がいるんです』
愛花にそう言われたのは、彼女が失踪（しっそう）する一ヶ月ほど前のことだった。
思い詰めたような彼女の表情に、國臣は何も感じなかった。「そうか」と「それで」のどちらかで返事を迷っているうちに彼女は続けて、『来月、あの家から出て行くつもりです』と続ける。その言葉に、國臣はようやく口を開いた。
『君が出て行かなくてもいいだろう。そういうことなら、こちらから結婚の断りを入れればすむ話だ』

『いいえ。私はあの家から逃げたいんです』

いつものおっとりとした彼女からは考えられないほどの凛とした声に、覚悟と真剣さがうかがえた。國臣はそこでやっと彼女の顔を見る。

『私の恋人は、ウチの会社の社員なんです。だから、國臣さんとの結婚がなくなっても、私はあの人と結婚はできない。ウチの両親が自分の会社の社員に、手塩にかけた私を嫁がせるはずがないですから……』

『だから逃げるのか？』

『はい』

『それならどうして俺に話したんだ？　黙って逃げたほうがリスクが低いだろう？』

もちろん國臣はこのことを梶家に言うつもりはない。しかし、それも彼の裁量次第だ。逃げるのならば誰にも伝えずに逃げるほうがリスクははるかに少ないはずである。そのリスクを冒してまで國臣に伝える理由。それは、一つしか思いつかなかった。

『なにか俺に頼みたいことでもあるのか？』

その質問に愛花はゆっくりと頷く。

『唯花のことだけ、お願いします』

『唯花？』

懐かしい響きに、國臣の目が見開かれる。名前を聞いただけなのに、過去の思い出が頭の中を駆け巡り、なぜかひどく胸がざわついた。

『両親はなんとしても、私か唯花のどちらかを國臣さんと結婚させたいはずです。それほどまでにウチの経営は厳しいんです。だから、私が逃げた場合、両親は唯花を呼びもどす可能性がある』

『……彼女が帰ってくるのか？』

『それは、正直わかりません。唯花は私と違って、両親の言うことに反発してばかりいたので。だけど、もしかしたら……』

（唯花が、帰ってくる？）

不謹慎だが、その事実に胸が躍った。大学生活のたった二年間、一緒にいただけの間柄。彼女はもう自分のことなど忘れているかもしれないし、思い出したくもないのかもしれない。

だけど、できるなら、可能性があるのなら……

（会いたい）

そんな風に思ってしまう。

愛花はそんな國臣の心情など知らず、言葉を重ねる。

『だからもし、唯花が戻ってきたら、守ってあげて欲しいんです』

そんな切実な願いを受けたのにもかかわらず、國臣の中ではとある計画が組み上がっていた。唯花をこちらに呼び戻す計画である。もしも呼び戻した結果、唯花が帰るというのならばそれでもかまわない。その時はちゃんと帰すつもりだし、結婚のことも改めてこちらが断れば良い話である。

ただ、もう一度会いたかった。もう一度会ってどうするのかまでは考えてはいなかったが、それでもチャンスがあるのならば試さずにはいられなかった。

『それなら、とりあえずの宿はウチが用意しよう』

そう言ったのは、単に愛花に協力したかったからじゃない。唯花を呼び戻すためには、ある程度の日数、愛花が逃げおおせなくてはならないからだ。

『ただ、腐っても旅行会社だからな。それなりにツテは多いだろう。あまり長く逃げられるとは思わないほうがいい』

『わかってます。だからとりあえず、結婚式の日取りまでは逃げ切ります。ウチの親は凄く体面を気にするんです。だから、結婚式をするって周りに言ってしまったら、何がなんでもギリギリまで粘ると思うんです。なので結婚式の当日まで逃げ切れば、その後は多分なし崩しでなんとかなると……』

（目標は、結婚式当日、か。長いな……）

『それに、結婚式を台なしにした娘なら、よそに出しても大丈夫でしょう？』

そう笑った顔は、どこか思い出の唯花に似ていた。

唯花に母親から電話があった翌日。

愛花と梶家、そして國臣を合わせた話し合いは、ホテルのロビーで行われていた。

「だから私は、國臣さんと結婚する気はないの！」

「愛花！　いい加減にしなさい！　貴女はいつからそんなに聞き分けのない子になったの！」

「斉藤（さいとう）だって、お前とのことは気の迷いだって……」

「それはお父さんが無理矢理言わせたんじゃない！　斉藤さんのおうちの借金を、全部お父さんが肩代わりしてるから！」

「それは――」

（一体、何を見せられているのだろうか）

ホテルのロビーで人目も憚（はばか）らず言い合いをする親子に、國臣は内心ため息をついた。

彼女達の母親から話し合いの準備が整ったと言われたから来てみれば、この有様である。

愛花の恋人である斉藤は彼女の父親が無理矢理黙らせたらしく、彼女はそのことにさらに反発し、収拾がつかない事態へと発展していた。あともう少しで暴力沙汰にまでなってしまいそうな勢いである。

（もうこれは、ムキになってるだけだな……）

彼女達の両親は愛花を國臣の嫁にしたいというよりは、手塩にかけて育てた娘が思うように動かないことに憤っているようだった。かけた時間とお金が無駄になるだとか、そういうどうでも良いことが頭の中を駆け巡っているのだろう。そうでなければ、こんなどうでも良いやりとりを國臣に見せる訳がない。こんな場面を見せられて、『それじゃあ、愛花さんと結婚します』なんて言う男がこの世界のどこにいるのだろうか。

（時間の無駄だな……）

さっさと済ませて早く帰りたい。昨日からバタバタしていて唯花にも連絡が取れていないのだ。

「私は――」

「もう良いでしょうか」

愛花の言葉を遮るように國臣は声を上げる。その声に梶家親子は全員國臣のほうを見た。

「俺も愛花さんと結婚する気はありません」

「え？」

「俺は唯花さんを愛しています。このまま彼女と結婚する予定です」

はっきりとそう告げると、両親の顔はこれでもかと強張る。

「愛花では不満が？」

「不満があるないではなく、唯花さんのことを愛しているから、彼女と結婚したいんです。愛花さんがどうこうというわけじゃない」

凛とした声でそう告げると、二人は狼狽えた表情のまま顔を見合わせた。『どうする？』とアイコンタクトを取っているが、結婚させようとしている二人がここまで乗り気ではないのだから、もうこれ以上の話し合いもないだろう。

それに彼らだって、できれば愛花を……と考えているだけで、國臣の相手が唯花でも問題はないはずだ。まぁ、親に反抗的な唯花を嫁がせたら、彼女が國臣に頼んで逆にＫＡＪＩツーリストを切ってくるかもと怯えているのかもしれないが……

「それでは、この話し合いは終わりということで――」

そう言って立ち上がりかけた國臣に、母親は最後の足掻きを見せた。

「ゆ、唯花は、唯花は二人の関係を祝福していましたよ！」

「は？」

「昨晩、電話したんです。唯花は、これ以上愛花の幸せの邪魔はできないから、身を引くと自分で言っていました。それでも國臣さんは、唯花と結婚しようって言うんですか？」

（……また、面倒なことを）

國臣は心の中で舌打ちをする。唯花は愛花に対していろいろと譲りがちな傾向がある。彼女が黙って母親の言葉をまるまる信じるとは思えないが、姉のことを思って自分は身を引くぐらいはあるかもしれない。

（吹奏楽部の時もそうだったしな……）

天文部の部室の窓から、じっと愛花のことを見下ろす唯花の横顔が頭をよぎる。

羨ましいと思っているだろうに、妬ましささえも感じているかもしれないのに、彼女は仲間達と談笑する愛花を見下ろしながら、口元には薄く笑みを浮かべていた。きっと、羨ましさの奥で、自分の姉が仲間達と楽しそうにしているのが嬉しかったのだろう。

彼女はそういう優しさを持ち、自分の心の痛みを自然に我慢してしまうような人間なのだ。

固まった國臣をどう勘違いしたのか、母親はさらに言葉を重ねてきた。

「あの子はいつもそうなんです。盛り上がる時は一瞬にして盛り上がるんですが、冷める時も本当に一瞬で！　習い事だって、部活動だって、続いた試しがないんです。だから國臣さんとのことも――」

「それは――！」

一瞬かっときて、反論しようとしたその時だった――

「すみません！　その話し合い待ってくれますか！」

圧力さえも感じる大きな声がロビーに木霊した。その声にロビーにいた全員が振り返る。

そこにいたのは、唯花だった。

彼女は國臣に駆け寄り、彼の腕を取る。その勢いに、國臣は立ち上がった。

「わ、私、やっぱり國臣さんと結婚するから！」

唯花は母親にそう宣言する。彼女の宣言を受けて、母親は「は？」と間抜けな声を出した。

彼女は続けて愛花に視線を向ける。

「愛花、ごめん。私、ずっと愛花に全部押しつけて！　でも、國臣さんだけはダメなの！　私、私もね、彼のことが好きなの！　だから――」

「唯花……」

愛花は驚きながらもどこか感動しているようだった。そして、柔らかく微笑んだあと「うん」と一つだけ頷く。

「……ということなので、失礼します」

「え？」

「唯花、行くぞ」

國臣はしっかりと立ち上がり、唯花の身体を支える。何が『ということ』なのかわからない唯花は目を大きく見開いていた。彼女としてはここからもう一悶着あるつもりだったのだろう。

國臣は唯花とともにきびすを返したあと、何かを思い出したかのように呆ける彼女の両親達を振り返った。

「それと、斉藤さんでしたか？　彼の借金は代わりに俺が請け負いますので、どうぞ愛花さんを彼と結婚させてあげてください」

「ちょ、ちょっと」

なおも性懲りもなく父親が二人を止めようと声をかける。そんな彼に、國臣は辟易とした顔を向けた。

「いつ切ってもいいんですよ？」

「え？」

「あなた達は愛花さんを俺に嫁がせたほうが有益だと考えてるのかもしれないが、そもそも俺は彼女と結婚する気はないし、唯花とのことをこれ以上邪魔するなら、今すぐにあなた達との契約を切ります」

「き、君にまだそこまでの権限は……」

「この件に関しての決定権を、俺は父から譲り受けています。万が一の場合はあなた達を切ってもいいとも言われてる。あなた達が一番融通が利くだけで、他にも旅行会社はいっぱいありますからね」

「……」

その言葉に父親の顔はみるみる青くなっていく。

「そもそも、許嫁（いいなずけ）やなんやらにこだわっていたのはそちらだけだったんですよ。ウチのほうは他に相手ができたらいつでも破棄して良いという感じのスタンスだった。それでも続けていたのは、俺が他に相手を見つけなかったからだ。――でも今は違う」

國臣はキッと両親を睨（にら）み付けた。

「俺は、唯花さんのことを愛しています。もしこれ以上邪魔をされるようならあなた達を切る。……ということで、失礼しますね」

何が何だかわからないという顔をする唯花の肩をぐっと自分のほうへ寄せて、國臣はそのままホテルを去るのだった。

エピローグ

「つまり、私が行かなくても、どうにかなったってことですか？」

「まぁ、そういうことだな」

「はぁあぁあぁ……」

安心したのか、気が抜けたのか、唯花は大きく息を吐き、ソファの肘掛けに身体を預けた。

そこは、國臣のマンションだった。ホテルから帰ってきた二人は、リビングのソファに仲良く腰掛けながら、先ほどあった出来事を整理する。

長丁場になると思ったのだろう、唯花は一週間ほど会社に休みをもらっており、その間はここに泊まるということだった。

「でもまさか、愛花の失踪に國臣さんが関わってるなんて……」

「関わってるって言っても、梶家の息がかからないように少し細工をして、ホテルを取っただけだけどな。そもそもの計画は愛花が立ててたし、俺はそこに少し協力しただけだ」

「だとしても、言ってくれてもよかったのに！　愛花のこと、本気で心配してたんですよ！」

憤る唯花に國臣は苦笑を浮かべる。

「本当は言ってもよかったんだが、唯花はそういう嘘は苦手だろ？　何かまかり間違って梶家に知られたら、それこそ目も当てられないからな」

「それは確かにそうですけど……」

「それに、行方不明の愛花が見つかったら、唯花が帰ってしまうかもしれないと思ったんだ」

國臣の言葉に唯花は大きく目を見開く。「そんなことない」と言いたかったが、想いを確かめ合う前なら、わからなくもなかった。

愛花にすべてを放り投げて帰るつもりはなかったけれど、一緒になって両親に直談判ぐらいならやっていたかもしれない。そして、國臣とのことは思い出として持ち帰っていただろう。

「だから、今日来てくれたのは本当に嬉しかった。言ってくれた言葉も。あんな場面じゃなかったら、その場で抱きしめてた」

「それは、私も必死だったし……」

母親の言うことをすべて信じたわけではなかったけれど、それでも、このままだとどうにか押し切られてしまうんじゃないかという不安があった。だから、電話を受けた翌朝、急いで電車に乗ってここまできたのだ。会社のほうには駅のホームで連絡して、一週間無理やり休みをもぎ取った。長丁場（ながちょうば）になると思ったからだ。

電車に乗っている間もひたすら不安だった。その時は愛花に恋人がいるなんて知らなかったし、てっきり彼女も國臣が好きなのだと思っていたから。國臣のことを信用してなかったわけではないけれど、何かまかり間違って彼も頷（うなず）いてしまうかもしれない。

ずっとそんな不安が胸を占拠（せんきょ）していた。

だから、ホテルに着いたあとの、あまりのあっけなさに呆けてしまったのだ。

「てっきり、唯花は俺のことまで愛花に譲るんじゃないかと思ってたからな」

「――そんなわけっ！」

「そうだな。でも、それが確かめられて、嬉しかった」

國臣は唯花の髪を掻き上げる。そのまま耳を触り、輪郭を経て、首筋を這って、襟ぐりにたどり着いた。

「愛してる」

「……私も」

重なった唇に胸が詰まった。

國臣は、いつも唯花の身体をとても丁寧に扱う。
触れるようなキスから始まり、舌を入れて口腔をこれでもかと味わい、白い肌に赤い痕をいくつも散らし、その長い指で全身に触れる。
けれど、彼の行為は初めての女性を扱うような、そんな優しいものじゃない。丁寧だけど、優しくはない。

着ているものはすべて剥ぎ取られ、じっくりと身体を視姦されるし、恥ずかしいところもわざわざ広げられ、すべて見られる。達するほどに胸をいじられ、耳には舌が入り込み、あえぎ声を漏らしたくないからと口を閉じようとしても、指を入れられ、強制的に喘がされてしまう。

まるで、蛇に絡め取られているようだ。

唯花は彼に抱かれながら、いつもそう考えていた。

「あっ、も、くに、おみ、さんっ！」

「なんだ？」

「それ、もう、やめて、ください」

「いやだ」

唯花はベッドに膝を立てた状態で寝かされていた。その脚の間には國臣がいて、彼女の内股に赤い痕をいくつも残している。

ちゅっと軽いリップ音を響かせて國臣は唯花の脚の間から顔を上げた。そうして内股に残った赤い痕をまじまじと見つめ、唇の端を引き上げる。

「綺麗だな」

「んっ」

指先で今までつけた痕を一つずつなぞられる。指先が何度も中心部分に触れかけて、唯花は腰を揺らした。

「ん、やぁん」

國臣がまた太股に唇を寄せる。今度は唯花の中心付近だ。熱い吐息が裂肉にかかって、唯花はまた身をよじった。

「んん――っ！」

もうこんなやりとりが長い時間続いていた。國臣は唯花の胸の先端にも、潤んだ割れ目にも、一切触れることなく、ただずっと内股に痕を残し続けている。

「や、もう。もどかしいからっ！　せめて、触れて、くださいっ！」

「そうか？　もうこんなに濡れてるんだから、俺が触れなくても十分に感じてるだろう？」

膝裏を持ち、身体を折り曲げられる。無理やり見せられた自分の秘所は、内股だけの刺激でもうこれでもかと濡れそぼっていた。

「み、見せないでくださいっ！」

「俺ばかり見てるのも申し訳なくてな」

「私は見たいわけじゃないですしっ！」

「俺はずっと見ていたいし、一日中だって見てられるぞ？」

「そういうことは言わないでくださいっ！」

唯花は真っ赤になりながら首を振る。

國臣に抱かれるようになって感じたことだが、彼はちょっと性癖が特殊な気がする。

彼は唯花が嫌がっていたり感じていたりする姿を長時間見続けるのが好きなのだ。

國臣はまた一つ内股に痕をつけたあと、ふぅっと秘所に息を吹きかけた。

「うんん――」

「俺は当分触れるつもりはないぞ？」

「そんなっ」

「触れてほしいなら自分で触れてみたらどうだ？」

意地悪だ。もう唯花がどうにもならないところにまで追い詰められていると知っているのに、彼は触れてくれないばかりかそんなことまで要求してくる。

「それは……」

「できないのか？」

できるできないではなく、もう限界だった。もどかしくて、触れて欲しくて、少し前から頭が爆発しそうだった。指先をそろそろと伸ばす。そして、中指で潤んだ裂肉に触れた。

「ん」

そのままゆっくりと指の腹を割れ目に沿って動かした。その様子を彼はじっと見つめている。

（は、恥ずかしい――）

そうは思うが、もう止められなかった。やっと与えられた刺激に、腰がゆらゆらと動く。擦るだけじゃなくて、指を少し入れてみると、ふわぁっと身体の力が抜けて頭がぼうっと呆けてくる。

「はぁっ、はっ」

粘っこい水音が耳を犯す。次第に唯花は深く己に指を突き立て始める。

「ん、あぁっ」

気持ちがよかった。たまっていた熱がすごかったからか、自分の指先でも十分に気持ちがいい。だけど、物足りないのも確かだった。自分の指では蜜は掻き出せても、奥までは届かない。

（もっと――）

「唯花。そのまま掻き出してろ」

「え？」

國臣はそう言って、唯花の秘所に舌を這わせた。その日初めての自分以外からの刺激に、身体がこれでもかと跳ねた。

「あぁっぁん‼」

まるで蜜を味わうように彼の舌が襞を這う。しかし、その舌も奥には入り込まず、入り口だけを刺激していた。

「あぁっ、やだ、んぁ、んあ、やぁ！」

もどかしくて、切なくて、どうにかなりそうだった。頭の中が沸騰して、もう奥に刺激が欲しいことしか考えられなくなる。

「くにおみさん、おねがい」

「何をだ？」

「もどかしくて、どうにかなりそうなの」

意地悪な彼に唯花は甘えるような声を出し、頬を染めながら入り口を広げた。

「おねがい」

その瞬間、彼の喉仏が上下した。國臣は唯花の膝を掴み、大きく広げる。そしてそのまま被せをした自身をあてがうと、一気に唯花を突き上げてきた。

「ひぅ――――！」

待ち望んでいた刺激に、一瞬意識が持って行かれそうになる。

そんな彼女をさらに追い詰めるように國臣は容赦なく彼女の中をかき混ぜ始めた。

「あぁっ、あぁ、んやっ、やだ、やだんんんっ！」

先ほどとは比べものにならない水音が部屋に響く。

子宮が下りてきていたのか、最奥を突かれるたびに内臓が上下するのがわかる。下腹部は彼の形をありありと浮かび上がらせていた。

「可愛いな」

「くに、おみ、さ……」

「もう、離さないからな」

「ぁあんんっ！　やっ、ゃだあぁぁ！」

抽挿（ちゅうそう）が最後を思わせるようなものへと変わる。そして、唯花も同時に高みに押し上げられた。

「んん――！」

唯花が奥歯を噛みしめながら達すると、彼も精を唯花の中へと放つのだった。

【消防士・奥崎（おくざき）修二の場合】

プロローグ

もし、時間を巻き戻すことができるのなら、私はきっとこの過去をやり直すと思う。

「なんでお前、俺についてくるんだよ」

彼にそう言われたのは小学生に上がったばかりの頃だった。

その頃の私は引っ込み思案で友達もおらず、隣に住んでいる優しいお兄ちゃんのうしろをいつもついて回っていた。来年中学生になる予定の彼は、それが多少面倒くさかったのだろう。バスケットボールを持ちながら、彼は辟易（へきえき）とした顔でこちらを振り返る。

「なんでって……」

「お前、俺のこと好きなのかよ」

そう聞かれた瞬間、かぁっと頬が熱くなる。好きか嫌いかで言えば、もちろん彼のことは好きだった。けれど、彼が聞いているのはそういう「好き」ではないだろう。それぐらいのことは、当時の私にだってわかっていた。

だけど、恋愛感情なんてわからない私はその質問に狼狽えるばかりで、彼の問いに答えられないまま、ただ口をパクパクと動かすしかできない。

何も言わない私をどう思ったのか、彼は一つため息をつくと、続けてこう言った。

「そうじゃないなら、もう近寄ってくんなよ。変なこと噂されるぞ」

「え？」

「んじゃ、お前もちゃんと友達作れよ！」

そう言って彼は私に背を向ける。

後から知ったのだが、当時彼は、私とのことを友達から冷やかされていたらしい。どこに行ってもついてくる私を指して、彼の友人は『あの小さい子、お前のこと好きなんじゃない？』なんて言ってきていたそうだ。小学生男子特有のめんどくさい冷やかしに困った彼は、私をわざと突き放して、自分のことも私のことも守ろうとしてくれていたらしい。しかし、そんな噂が広がり始めているとは知らない私は、去っていくうしろ姿を引き止めるためにとんでもないセリフを口にした。

「す、好きだよ！」

「は？」

怪訝（けげん）な顔で振り返る彼に、私は恥（は）ずかしくなってこう付け足した。

「わ、私、暁人くんのことが好きなの！」

「暁人のこと？」

彼の眉間にさらに皺（しわ）がよる。

『暁人くん』というのは、私達と同じ小学校に転校してきた少年のことだった。肌や髪の色素が薄く、中性的な顔立ちで、勉強ができて、運動もできる。そんな逸材を女の子が放っておくはずもなく、学年の違う私にまでその噂が届くくらい、彼は転校初日から王子様のような扱いを受けていた。

そしてたまたま、彼と暁人くんは同じクラスだったのだ。

「だ、だから、修二お兄ちゃんに暁人くんのこと紹介してもらいたくて……」

私がそう口にすると、彼は妙に納得した顔つきになり、「わかった。それじゃ、今度紹介してやるよ」と約束してくれた。

それからしばらくして、彼は本当に暁人くんを紹介してくれて、そしてだんだんと三人で遊ぶようになっていった。暁人くんとは、彼が航空会社に就職してからあまり会わなくなったけれど、それでも私達の関係は大人になってもなんとなく続いていた。

だけど、あの時私がついた嘘は、今もしこりとなって私達の間に残ってしまっている。

第一章　素直になれない自分と、こちらを向いてくれない幼馴染

『すまん。明日は無理だわ』

「ええ!?」

クリスマス本番を翌日に控えた、十二月二十四日。双葉早苗は電話口から聞こえてきた声に、そう驚きの声を上げた。場所は職場である幼稚園の職員トイレ。時刻は昼休憩に入ったばかりだった。

「なんで!?　今日当番だから、明日非番だよね？　ヒマじゃないの？」

『明日は、野崎さん家の庭木切る約束してるんだよ。あそこのおじさん、去年亡くなったばかりだろ？　おばさんだけじゃ、庭木切れないってぼやいてたのたまたま聞いちまってな』

「クリスマスなのに!?」

『まぁ、今の今まで予定がなかったからな』

あっけらかんとしたその答えに、早苗は「ええ……」と声を出しながら肩を落とした。

スマホの画面に映っているのは『奥崎修二』の文字。彼は隣に住む、五歳年上のご近

所さんだ。　胸板の厚い大きな体躯に、高い身長。髪は短く刈り上げていて、眉間にはいつも皺が寄っている。輪郭もしっかりしていて、全体的に男らしい感じの男性である。幼い頃からスポーツばかりやっていた彼は、その恵まれた体躯を活かして、今は消防士として近くの消防署で働いていた。

そんな彼は、早苗にとって小さな頃から知っている幼馴染であり、同時に——

(今年こそは絶対、修二に告白しようと思ってたのに……)

想い人でもあった。

早苗の突発的な提案に、修二は呆れたような声を出す。

『構ってほしいなら、もうちょっと早めに言っとけよ。そしたら何も予定入れなかったのに』

「だって、修二。こういうイベントって大体何も予定入れないじゃん。だから空いてると思って」

『まぁ、そういうので簡単に休めない仕事だからな』

その言葉に、早苗はそっとため息をつく。『空いていると思った』以外に『今日まで踏ん切りがつかなかった』という理由もあるが、それはもちろん言えなかった。

早苗が落ち込んでいるのが伝わったのか、修二は申し訳なさそうな声を出す。

『一応、予定が終わった後なら空いてるが。もしよかったら一緒に飯ぐらい食べるか？』

「あ、うん！　いいの⁉」

『今から店が取れるかどうかは、わからねぇけどな』

「あ、それなら私が作るよ！　明日、お父さん夜勤なの！　私、自分の分のご飯も作らなきゃだし、修二も働いた後に外出るのしんどいでしょ？」

二年前に母が亡くなってからは父と二人暮らしで、食事の支度は早苗の役割だ。

はしゃいだような声を出す早苗に、修二はふっと笑ったような息を漏らす。

『んじゃ、頼むかな。場所はうちで良いか？』

「うん！」

修二の両親は仕事の都合で海外に行っており、彼は一人で実家である一軒家を管理していた。早苗もたまに様子を見に行ったりするのだが、男の一人暮らしだというのに部屋は片付いており、まめに掃除機もかけているのか埃一つ落ちていない。

「えっと、メニューは？　リクエストある？」

『任せる』

「わかった。じゃあ、修二の好きなものでいろいろ考えておくね！」

当初の予定とは違うものの、クリスマスに二人っきりの時間を確保した早苗は、元気な声を出す。頭の中では明日のシミュレーションが始まっていた。

（明日は、修二の好きなグラタンに、ケーキもいるでしょ？　私も仕事だし、ケーキまで手作りする時間はないから、適当なの買ってきてチョコレートプレートだけ手書きにしようかな。飾り付けもできるだけ雰囲気が出るようにして……）

準備はこんなところだろう。問題は、修二が帰って来てからだ。

（それで、夜は一緒にお酒を飲みながら寄り添って、良い雰囲気になったところで告白！修二はびっくりするだろうから、そこは思い切って抱きつくなりなんなりして……）

『と言うか、お前。クリスマスまで暇とか寂しいやつだな。普通、友達との予定ぐらい入ってるもんじゃねぇの？』

計画を立てている最中にそう言われ、早苗は「え？」と間抜けな声を出す。修二は続けて、揶揄（からか）うような声を出した。

『それともあれか？　俺と一緒に過ごすために予定空けておいたのか？』

図星をつかれて、早苗の頬は一気に熱くなる。瞬間湯沸かし器よりも速い速度で上がった体温に、耳から湯気が出てしまいそうだった。早苗は慌てて口を動かす。

「ち、違うから！　別に、修二と一緒に過ごすために空けておいたとかじゃないし！」

『どうだか。お前の友達、彼氏いないやつ何人かいるだろ？　去年までは一緒にクリスマスとか遊びに出かけてたのに、なんで今年は予定組んでないんだよ』

「そ、それは、たまたま向こうに用事があって!!」

『本当に？』

「本当だもん！」

『もしかして……』

「わ、私は、修二じゃなくて、暁人さんのことが好きなんだから！」

気がついた時には、早苗は彼の声に被せるようにそう言ってしまっていた。しまったと思った時にはもう遅く、唇は次の言葉を紡ぎ出していた。

「明日だって修二と会いたいわけじゃなくって、暁人さんの話を聞こうと思っただけ——、あ……」

（またやってしまった……）

早苗はスマホを耳に当てたまま、青い顔を片手で覆った。そうしながら思い出すのは、最初に暁人を『理由』にしてしまった日のことだ。

去っていく彼を止めたくて、とっさについた嘘。

『わ、私、暁人くんのことが好きなの！』

彼を理由にすれば、修二はいつだって「仕方ないなぁ」と足を止めてくれた。だから早苗は、修二と一緒にいたい時には、いつだって暁人を理由に使ってきたのだ。でも……

（いい加減、暁人さんを『理由』にする癖、やめないといけないのに……）

自己嫌悪で死にそうになる。こんなことばかり繰り返しているから、二十年以上も気持ちを伝えられずに片想いをしているのだ。それにこれは、片想い云々がなくても普通に失礼だろう。

　早苗は深々と頭を下げた。

「ごめん……」

『ばーか。そんぐらいわかってるよ。本気にすんな』

　呆れたような、それでいて優しい声色に、早苗は顔を上げる。それと同時に電話の向こうから別の男性の声が聞こえてきた。何やら修二に話しかけているようだ。彼は『悪い』と一言謝ると、同僚と話し出す。そしてしばらくたった後、電話口へと戻ってきた。

『そろそろ休憩交代みたいだから、戻るな』

「あ、うん」

『明日は、勝手に家に入っててていいから。鍵はいつもの所に置いてある』

「わかった」

『それじゃ』

　電話が切れる。きっと仕事に戻ったのだろう。早苗は暗くなった画面を見つめたまま、しばらく動けなかった。明日の予定は純粋に嬉しいが、最後の失敗に気分が沈み込む。

「本当はちゃんと素直に『好き』って言いたいのにな……」

　早苗は小さな声で、そう吐き出した。

「アイツもホント諦めねぇなぁ」

修二がそう独りごちたのは、電話を切った直後だった。スマホが鳴るまで食べていた食事はもう冷め切ってしまっており、気分のせいか味も碌にしない。とりあえず押し込むように口へと運び、食事を終わらせ立ち上がる。持ち場に戻れば、先ほど電話中に話しかけてきた先輩と目が合った。

「さっきは悪かったな。休憩中に」

「いえ」

短くそう答えて自分の机に戻ると、先輩は不思議そうに首を傾げる。

「まだ休憩時間だから、休憩していていいんだぞ?」

「いいんです。飯は食ったんで」

「そうなのか? なんか機嫌悪いな。女にでもフラれたか?」

「ま。そんなところです」

「は?」

先輩は目を見開く。そんな彼を目の端に留めながら、修二は直後に鳴り響いた電話を取った。

早苗が、暁人を好きだと最初に言ったのは、彼女が小学生に上がったばかりの頃だった。友人の面倒くさい追及に耐えかね、彼女を突き放すようにした直後の言葉。

『わ、私、暁人くんのことが好きなの！』

最初、修二はその気持ちを聞いても何とも思わなかった。むしろ、彼女の気持ちを応援する気でさえいたぐらいだ。もういい加減、友人に揶揄われることにうんざりもしていたし、相手があの暁人なら、彼に熱を上げている女の子も多いだろうから早苗が揶揄われることもない。だから、気軽に言ってしまったのだ。『それじゃ、今度紹介してやるよ』と。

初めて話しかけた暁人は、想像していたよりずっと気さくな奴だった。自分ができることを鼻にかけたりもしないし、よく気がつくし、よく笑う奴だった。そんな彼と仲良くなるのは必然で、修二が親交を深めるのに乗っかるように、早苗もまた暁人と仲良くなっていった。

最初に後悔したのは、高校三年生の春だった。早苗が通う中学校の入学式の日、彼女は真新しいおろしたての制服を着て修二の家を訪れた。突然訪問してきた早苗は修二の顔を見るやいなや、頬を赤く染め、はにかみながら『どうかな？』と聞いてくる。

修二は最初、その『どうかな?』の意味がわからなかった。

『何が?』

『「何が?」って、この制服!』

『もしかして、俺に見せに来たのか?』

そう聞くと、彼女はみるみるうちに赤くなり、まるで怒鳴るようにこう言った。

『しゅ、修二にじゃなくて、暁人さんに見せたくて! だから! 意見を聞きたいだけなの!』

その言葉に、なぜかひどく落胆して、胸がムカムカした。もう式はとっくの昔に終わっているのに、わざわざ制服を着てウチを訪れた理由が『暁人』。この時初めて、修二は早苗に暁人を紹介してしまったことを後悔した。

それから、何度か同じようなことがあった。バレンタインデーには毎年、早苗は『試食して欲しいの』と暁人に渡す前の手作りチョコを持ってくるし、修二が暁人と遊んだ翌日には『話を聞かせて』と家に押しかけてきたりした。『暁人さんと遊びたいから、三人でどこかに行かない?』とお願いされるようなこともあったし、『暁人さんに誘われたんだけど、二人だと緊張するから一緒に行かない?』と誘われるようなこともあった。二人のコミュニケーションの間には常に『暁人』がいて、それがひどく腹立たしくて、虚しかった。

そんな修二が自分の気持ちを認めたのは、彼女が高校生になった年。暁人に頭を撫でられ嬉しそうに笑う早苗を見て、もうダメだと悟った。

それから約十年もの間、修二は早苗に片想いをし続けている。

「そろそろ変えないとな」

二人の関係性も、自分自身も。

不本意な形で誘われたクリスマスだが、もしかしたら良い機会なのかもしれない。

修二の呟いた声に反応するように隣にいる先輩が「どうかしたか？」と首をひねる。

その声に「なんでもないです」と答え、彼はまた仕事に意識を向けるのだった。

第二章　不機嫌なクリスマス

「こんなもんかな！」

翌日、早苗は修二の家のリビングを見渡しながら、うん、と一つ頷いた。

天井から吊り下がっているのは、紙の輪を繋げて作ったガーランド。壁には三角の形に貼り付けられたいくつもの緑色の丸。そのてっぺんには星の形に切られた金紙が輝いていて、クリスマスツリーを模していた。緑色の丸には『クリスマスおめでとう』の文字が一文字ずつ書かれており、机の上には紙コップで作ったサンタが二つ並んでいる。

「でもなんか、ちょっと子供っぽくなっちゃったかな」

幼稚園の児童なら喜びそうな部屋に、彼女はそう零す。元気でカラフルだが、これでは全然大人っぽくない。

「でも、殺風景な部屋より全然いいかな！」

前向きにそう考えて、今度は料理のほうに取りかかる。今日は幼稚園が短縮保育だったのでいつもより時間があるが、それでも急がないと彼が帰ってくるまでに間に合わないだろう。

「修二、なんて言うかな」

『すごいな』だろうか。それとも、『頑張ったな』だろうか。

嬉しそうな修二の顔を想像して、早苗はにやけながら鶏肉に包丁を入れた。


そして、一時間後——

「お前、なんて格好してんだよ……」

家に帰ってきた彼の開口一番はそれだった。

部屋の様子を褒めるでも、鼻腔をくすぐる料理への期待でもなく、彼が最初に発したのは早苗の服に対する文句だ。想像とは違う彼の言葉に、早苗は首をひねりながら自分の姿を見下ろす。

　彼女は真っ赤なベルベット生地のワンピースを着ていた。上着はポンチョで、どちらとも裾のほうは白いモコモコとした生地になっている。胸元には可愛らしいリボンが揺れていた。

　つまり、女性用のサンタ服である。

「可愛くない？　ドンタでたまたま見つけたから買ってきちゃったんだ」

「『買ってきちゃったんだ』ってなぁ……」

「雰囲気でるでしょ？　ちょっと丈が短いのが、難点だけどね」

「なっ――」

　スカートの裾をつまんだ彼女の様子を見て、修二はあからさまに狼狽えた。

「おま――！　そういうことしてると、下着が見えるぞ！」

「大丈夫だよ。ちゃんと下に短いレギンス穿いてきてるから！」

　彼女はスカートをもち上げる。その下にあったのは、二分丈の黒いレギンスだ。

「それ、下着とどう違うんだよ……」

「失礼な。下着はもっと可愛いです！」

「可愛いって。んなもん、知るかよ……」

　眉間に皺を寄せた状態で視線を外す修二に、早苗は疑問符を頭の上に浮かべた。雑誌では、男性はこういう服が好きだと書いてあったのだが、どうやら彼はお気に召さなかったらしい。

修二は鞄をソファの上に置くと、ふっと何かに気づいたようにキッチンのほうを見た。

「それにしても、良い匂いだな。グラタンか？」

「うん。修二好きでしょ？　後はオーブンで焼くだけにしてるから、手洗って着替えてきて！」

「わかった」

洗面台に向かう彼のうしろ姿を眺めながら、早苗は手早くオーブンに火をつける。オーブンの中でオレンジ色に照らされるグラタンを眺めながら、早苗は今後のことを思った。

（この後は、どうにかこうにか良い雰囲気にもっていって、それで告白！）

肝心の『どうにかこうにか』の部分は、実は何も決まっていない。昨晩必死にシミュレーションを重ねたのだが、結局何も思いつかなかったのだ。もうこうなったら、臨機応変と言う名のその場しのぎで、なんとか良い雰囲気に持っていくしかない。

（告白、できるかなぁ……）

早苗が不安になったその時、顔の正面に四角い箱が差し出された。差し出してきた手をたどると、そこには案の定、修二がいる。

「何これ？」

「クリスマスプレゼント」

「へ？」

広げた両手に、ぽん、と小さな箱が載る。箱を開けてみると、銀色のシンプルなブレスレットが入っていた。早苗は大きく目を見開く。

「安物だけどな。今日の帰りに、たまたま見つけたんだよ」

「可愛い！　これもらって良いの？」

「この流れでお前にやらないとか、おかしいだろ」

「本当に!?　嬉しい！　ありがと！」

早苗が目を輝かせると、修二は満足したように「ん」と唇の端を軽く引き上げた。彼女は箱からブレスレットを取り出すと、すぐさま手首につけてみせる。その様子は本当にサンタクロースからプレゼントをもらった少女のようだ。

「あぁ！　でも待って！　私、修二にプレゼント買ってない！」

「おっちょこちょいなサンタだな」

「どうしよう！　明日買いに行く？」

「別に良いよ。さっきも言ったように、安物だしな、それ」

修二がそう言うのと同時に、オーブンが電子音を響かせる。火入れが終わったのだ。

早苗はオーブンからグラタンを取り出しながら、会話を進める。

「いやでも！　それはさすがに悪いよ！　何か欲しいものない？　明日にでも用意してくるよ」

「欲しいもの、ね。……なんでも良いのか？」

含みのある言い方に疑問を覚えつつも、早苗は一つ頷（うなず）いた。

「うん。あんまり高いものはダメだけどね？」

「それなら、……早苗がいい」

「ん？　私？」

「お前が欲しい」

「へ？」

あまりの言葉に、手の力が緩む。その瞬間、グラタンがするりと手から逃げていった。

「わっ！」

「この、ばかっ！」

「あっつ――」

慌てて拾おうと身体を前に出したのがいけなかった。ひっくり返ったグラタンは彼女の腹部から脚にかけてべっとりとひっついてしまっている。

修二はすぐさま早苗の側に駆け寄り、彼女を抱きかかえ浴室に行った。そして、服の上から彼女に冷水を浴びせかける。

「つめたっ！」

「我慢しろ」

ホワイトソースが、シャワーの水で剥がれ落ちていく。その下からは少し赤くなった彼女の太股が出てきた。見たところ、赤いだけで他に異常はなさそうである。

「大丈夫か？」

「うん、平気。少しジンジンするけど、今は冷たいほうが勝ってる感じ」

「そうか……」

修二は早苗の言葉に安堵の息をつく。すごく不謹慎で、きっと口に出したらものすごく怒られてしまうだろうけれど、彼が自分のことを心配してくれている事実が、早苗にはとても嬉しかった。

その嬉しさを誤魔化すように、彼女は口を開く。

「修二、手慣れてるね」

「そりゃぁ、一応消防士だしな」

「……ありがと」

「ん。まぁ、今回は俺も悪かったしな」

先ほどのこともあり、なんだかちょっと気まずい空気が流れる。シャワーの水が浴室の床を叩く音を聞きながら、二人はじっと前だけを見つめていた。

「あのさ、さっきのって冗談、かな？　欲しいものが……その……」

「冗談にしたいのか？」

「そういうわけじゃ、ないけど……」

どういう意図で彼はその言葉を口にしたのか、それがわからなかった。男性が女性に対して『欲しい』だなんて、『恋人になって欲しい』とか『抱かせて欲しい』という意味ぐらいしか、早苗には思いつかない。

（どっちの意味で、言ったのかな……）

そんな疑問が頭をもたげたが、それを聞くような勇気は今の早苗にはなかった。

そんな彼女の気持ちを知ってか知らずか、修二は早苗をぐっと自分のほうに引き寄せる。

「前から言おうと思ってたんだけどな、あんまりこういう格好すんなよ」

「こういう格好？」

「胸元が開いたような服とか、脚が出てるズボンとか、スカートとか」

まるで父親のようなことを言う修二に、彼女は疑問符を頭の上に浮かべた。

「修二は、もしかしてこういうの嫌い？」

「別に。ただ世の中にはな、変な男もいるんだ。そういう服で煽（あお）ってたら、いつか本当に襲われちまうぞ、って話だ」

胸の下に回った腕がぎゅっと締め付けてくる。早苗は修二のほうを見ないまま、口を窄めた。

「大丈夫だよ。修二の前でしか、こういう格好しないから」

「俺も男だ」

「そ、それは……ちゃんとわかってるよ？」

「本当にわかってるのか？」

胸の下に回っていた腕が離れ、早苗の濡れた太股に伸びる。

「ん」

冷え切った肌に、彼の熱い手のひらが当たり、背筋が粟立った。

彼はそのまま早苗の太股に指を這わせ、赤くなった箇所の近くを撫でる。

「俺が男ってことは、こういうことをされる可能性だってあるんだぞ？」

彼の指はレギンスの縁をなぞり、指先を中へと侵入させてきた。

「あっ」

「ちゃんと嫌がれよ。じゃないと、このまま進めるぞ？」

彼の指先が内腿を優しくくすぐる。その刺激に早苗は思わず脚を閉じた。

「んっ」

「いいのかよ？」

太股に挟まれた状態で彼の指が蠢く。触れているのは脚で、その奥には触れてもいないのに、なぜか身体が過剰に反応した。

「ぁんっ」

「……あんまりいい声出すなよ」

「だって――」

「だから、嫌ならちゃんと嫌がれって！」

その言葉に早苗は振り返る。間近で見た彼の顔は、今までにないぐらいに赤くなっていて、彼もドキドキしてるんだなと思ったら、もう嬉しくてどうしようもなくなっていた。

（今は、女の子に見えてるってことだよね）

早苗はぎゅっと彼の服を握りしめる。

「嫌じゃないのかよ。……俺は暁人じゃねぇんだぞ？」

「……」

「黙ってたら、いいようにとるからな？」

顔を両手で包まれる。潤んだ瞳で彼を見上げると、彼の喉仏が一度だけ上下した。

「早苗……」

「しゅう……じ」

目を閉じると、鼻先が当たる。彼の吐息を唇で感じて、彼女はぐっと身を固くした。

そうして、唇が触れ合おうかというまさにその時、リビングのほうからけたたましい電子音が聞こえてきた。その音に二人はハッと我に返る。

「この音、仕事場からか……」

「そ、それじゃ、早く出ないと！」

「そうだな」

二人は手早く風呂場から出る。早苗が髪の毛を拭いている間に、修二はすぐさまスマホを取った。そして、なにやら話し始める。

「悪い。ちょっと今から出てくる。後輩が出した書類に不備があったみたいで」

電話を切った彼は、そう言いながら出かける準備を始める。

「あ、……うん。気をつけてね！」

「あぁ」

彼は短くそう返事をしたあと、早苗を振り返る。そうして、心配そうな声を出した。

「服、濡れたままにしとくなよ？　乾くまで適当に俺の服着ていていいからな」

「わかった」

「それと。一応、病院へいっとけ。火傷（やけど）になってるかもしれないから」

「うん。そうする」

「よし。……それじゃ、行ってくる」

短くそう言った後、修二は玄関から飛び出していく。そんな彼の背中を見送ったあと、早苗は自身の唇をそっと撫でた。そこにはまだ彼の吐息の感触が残っている。

（さっき、キスしそうだったんだよね……）

信じられないことだが、先ほどの雰囲気は紛れもなくそういう流れだった。

「もしかして、脈、あるのかな……」

早苗は暴れ回る心臓を服の上からぎゅっと押さえつけた。

「それって両想いじゃない？」

「そ、そうかな？」

あの修二とキスをしかけた日から三日後、早苗の姿は街の喫茶店にあった。『meine Liebe』という雰囲気のある小さな喫茶店で、彼女は頼んだココアを両手で持ちながら、頬を赤らめる。その正面にいたのは、梶唯花だった。唯花は高校生の時によく一緒にいた子で、早苗も最近聞いたばかりなのだが、修二の友人である國臣と近々結婚する予定らしい。話を聞いたその日に『知ってた？』とそのことを修二に確認すると、彼も何も知らなかったらしく、びっくりしていた。

　そして今日は唯花の頼みで、國臣のマンションに置くベッドを、家具屋まで一緒に選びにきたのだった。

「なんか、聞けば聞くほどもう一押しって感じよね」

「でもさ、『欲しい』って表現が微妙じゃない？　聞きようによっては『恋人になりたい』っていうより『身体だけ』って感じだし……」

「まぁ、可能性としてはあるかもしれないけど。……逆に、早苗はどうしてそんなに否定したいの？」

「否定したいわけじゃなくて、何て言うか、浮かれたくないと言うか……」

　早苗はもじもじとつま先を擦り合わせた。もしこのまま両想いだと浮かれて、実際はただの性欲でした……となったら切なすぎる。しかもその状態で告白でもしようものなら、振られた上に、今まで積み重ねた関係が一気にパーだ。そうなったら目も当てられない。

「幼馴染（おさななじみ）歴が長いから、慎重になっちゃう気持ちもわかるけどね」

「でしょ？」

「何かこう、きっかけがあれば違うのかもしれないわね」

「きっかけか……」

　早苗はシーリングファンが回る天井を見ながら、ほぉっと息を吐き出した。

◆◇◆

『今年の元日って空いてる？』

早苗からそのメッセージが来たのは、夕方の休憩に入った直後だった。修二はそのメッセージに目を瞬かせた後、スケジュールを確かめる。

消防士である修二の勤務体制は、基本的に二部制だ。朝の八時半から翌日の八時半までの二十四時間、署に詰めっぱなしの当番と、家にいてもいいがいつ呼び出されるかわからない非番を交互に繰り返していく。その間に本来の休日である公休が、シフト制で点々と入っている感じだ。

そのシフトに土日や祝日なんてものは一切関係なく、元日だろうがなんだろうが、仕事がある時はあるのだ。

スケジュールを確認した後、修二はそのメッセージに『公休』と簡潔に返事をした。

すると、数分も経たずに彼女から返信がくる。

『それならさ、デートしない？』

「は？」

修二はスマホを握ったまま素っ頓狂な声を出す。彼女が修二にそんなことを言ってきたためしはいまだかつて一度もない。外出に誘われたことはあっても、『デート』なんて言葉を使ったことはなかったのだ。

『どういうことだ？』

『えっと。ダブルデートしたくて』

『ダブルデート？』

『唯花と一条さんの二人と、修二と私とで、ダブルデートをしようって話になってて。……どうかな？』

「何考えてんだ、あいつは……」

早苗の送ってきたメッセージに彼はそう零す。

修二の認識が間違っていなければ、ダブルデートというのは『付き合っている、もしくは付き合いそうな二組のカップルが一緒にデートする』というものだ。唯花と國臣の二人は良いとして、早苗と修二はもちろん付き合っていないし、彼女に至っては暁人のことが好きなはずである。

しばらく考えた後に、修二はスマホに指を滑らせた。

『俺でいいのか？』

その裏に隠れている言葉は『暁人じゃなくていいのか？』だ。

メッセージを送った直後、すぐに既読のマークがつく。なのに返信は、何十秒待っても、何分経ってもなかなかやってこない。ようやく返信がきたのは、それから十分以上経った後だった。

『修二がいいの』

その真っ直ぐな言葉に、修二は目を見張った。そして、彼女が送ってきたその字面を何度も確かめると、彼はくしゃりと髪をかきあげる。

「……この前から何なんだよ」

これじゃあまるで彼女が自分に気があるようだ。三日前に身体を触った時も、彼女は嫌がる素振りの一つも見せなかった。あれだけ何度も『ちゃんと嫌がれ』と言ったはずなのに、彼女は修二がしてくることをすべて受け入れ、その上、甘い声を上げていた。

（まさか本当に……？　いや、そんなわけ）

そう考えると、先ほどの返信が来るまでの長さにも、なんだか彼女の必死さが滲んでいるような気がしてくる。もしかしたら先ほどの十分間、彼女はメッセージを何度も書いては消して、書いては消してを繰り返したのかもしれない。

『修二？』

なかなか返信が来ないことに焦れたのだろう。彼女は窺うようにそう送ってくる。

『どうかな？　やっぱりダメ？』

『ダメじゃない。空けておく』

『わ！　ありがとう！』

そのメッセージに彼女の喜んだ顔が重なった。きっと画面の向こうでも彼女は同じように笑っているに違いない。

『楽しみにしとく』

『私も、楽しみにしてるね！』

今度は声まで耳の奥に蘇(よみがえ)ってくるようだった。……本当にもうどうかしている。

第三章　ついてない一日

一月一日。元日。

「きゃぁあああぁぁ――――！」

双葉早苗の一年は、そんな叫び声から始まった。

彼女は身体にタオルを巻いたまま、浴室から飛び出してくる。その顔はこれでもかというほど青く、身体もガタガタと震えてしまっていた。

「大丈夫か⁉」

彼女の叫び声を聞きつけた父親が慌てて浴室のほうまで走ってくる。娘のピンチだと思ったのか、遠慮なしに開け放たれた脱衣場の扉に、彼女はまた叫び声を上げた。

「ちょ、お父さん‼　恥ずかしいから入ってこないでっ！」

「いやでもさっきの叫び声は、どうしたんだ⁉」

「さっきのは——」

「変な男でもいたのか⁉」

鬼の形相で、父親は辺りを見渡す。のぞきでもいたのかと思ったのだろう。鬼気迫る顔で脱衣場の窓から顔を出す父親を、早苗は慌てて止めた。

「違うの！　違うから！　大丈夫だから！」

「じゃあ、どうしたんだ？」

「えっとね、お湯が……」

「お湯が？」

「お湯が出ないの！」

その言葉に、父親は目を見張った後、彼女が飛び出してきたであろう浴室を見る。開け放たれた扉の奥ではシャワーがこれでもかと浴室の床を叩いていた。

それが四時間前の話——

「どうりで。なんだか今朝はバタバタとうるさいと思ったよ」

早苗の話を聞いて、呆れたような声を出したのは修二だった。

彼の隣を歩きながら、早苗は「それは、お騒がせしました」と苦笑いを浮かべている。

二人は、唯花達との待ち合わせ場所である神社に向かっている最中だった。その神社は古くからある地元のもので、特別大きくもなければ小さくもない、どこにでもあるような普通の神社だった。元日には地元の人でごった返すがそれ以外の時は静かなもので、幼い頃はよくそこで修二や暁人と待ち合わせをして、どこかに遊びにでかけたものだった。

「で。給湯器、直るのいつになるって？」

「それがね、わかんないの」

「わかんない？」

修二は不思議そうな顔で早苗を振り返る。

「うん。業者の方に連絡してみたんだけど、お正月休み中だからって全然取り合ってくれなかったんだよね。一応、四日に見に来てくれることになってるんだけど、その日に直ったりはしないだろうし。しばらくは、水風呂か銭湯行かなきゃだよ。……もう最悪」

「なんか、タイミングが悪い時に壊れたな」

「本当だよ！　なにも今日、壊れなくてもよかったのに！」

　むきー、と早苗が両手をあげる。

　本当なら今朝は、朝からシャワーを浴びて、服も、化粧も、髪も、すべて完璧にしてから家を出る予定だった。なのに、給湯器の故障のせいで、シャワーは浴びられないし、服も、化粧も、髪も、全体的に中途半端になってしまった。業者に連絡するために時間もとられたので、なんならいつもよりもできが悪いぐらいである。

　怒りをあらわにする早苗を見ながら、修二はいつも通りの笑みを浮かべた。

「それにしても、今日はやけに早くから準備してたんだな」

「やけに早く？」

「お前、冷水浴びて叫んだの、七時半ぐらいだったろ？　初詣の予定は昼からだったってのに、普通、あんな朝早くから準備するか？」

　修二の言葉に、早苗は胸元に拳を作った。

「だって、今日は気合い入れたかったし！」

「なんで、気合いなんか入れるんだよ。デートっつっても、ただの初詣だろ？　話聞いたら、メインはあっちの二人だって感じだし、俺達が気合い入れるのは違うだろ」

　修二のなんでもなさそうな声色に、早苗は大きく目を見開いた後、すねるように唇をとがらせた。

「でも、……一応、デートだもん」

「……」

「そりゃ、修二にとっては『ただの初詣』か『一条さんとの同窓会』みたいな意味合いが強いんだろうけどさ。私にとって、これは一応、デート、だから……」

恥(は)ずかしさで早苗の声はどんどん小さくなっていく。その声と比例するように、彼女の歩幅も少しずつ小さくなっていった。

(なんか、自信なくなってきたかも……)

もしかしたら、両想いなんじゃないかと思った自分がどんどんしぼんでいく。気合いを入れてきたのも、この機会に自分達の関係を一歩進めようと思っていたのも、早苗だけだと思ったらなんだかちょっと虚(むな)しかった。

(まあいいけどね、いつものことだし……)

そう彼女が諦(あきら)めかけたその時――

「……悪い」

「ん?」

「俺は、こういう所がダメなんだろうな」

気がついた時には手をとられていた。まるで包み込むような大きな手に、早苗の指先はピン、と固まる。

「ちょ、しゅ、修二⁉」

ひっくり返った声を上げながら、早苗は辺りを見回す。誰かに見られるのではないかと心配したのだ。修二はそれでも彼女の手を離さないまま、唇の端を引き上げた。

「デートなんだろ？　それなら手ぐらいは繋ぐんじゃないか？」

「そ、それは、そうかもしれないけど……」

長年幼馴染をやっているが、手を繋いで歩くなんて、それこそ小学校の低学年以来だ。恥ずかしいというより緊張する。こんなに寒いのに、手のひらには汗が滲んだ。

「大丈夫だ。俺もデートだって思ってたから」

こちらを見ずにそう告げられて、早苗も修二とは反対のほうを見る。

（ずるい……）

心底彼はずるいと思った。こんな風に言われたら、不機嫌になんてなれない。給湯器が壊れたことも、朝から冷水をかぶったことも、全部水に流せてしまう。

（着いたら離しちゃうんだろうな……）

早苗は繋がっている左手をじっと眺める。

（それなら、このまま着かなかったら良いのに）

そんな風に思いながら、二人は手を繋いだまま、神社を目指すのだった。

そうして十五分後、二人は待ち合わせ場所の神社に着いたのだが――

（なんでこんなことになっているんだろ……）

早苗は目前で繰り広げられる光景にため息をついた。目の前には、女性に囲まれて苦笑いを浮かべる修二。女性と言っても、年齢は様々で、下は幼稚園でよく見かけるような子から、上は早苗の祖母と同じぐらいの人もいる。早苗はそれを人垣の外でじっと見つめていた。

「この前、家の電球替えてくれてありがとね。届かなくて困ってたのよ」

「あのぐらいのことなら、またいつでも」

「お兄ちゃん、この前ばんそうこありがとね！」

「おう、あの後ちゃんと消毒したか？」

「奥崎さんのおかげで、この子、無事に生まれたんですよ！　ちょっと抱っこしてあげてください」

「さ、さすがに、首が据わってない子はちょっと！」

邪険にするわけにもいかないのだろう、彼は困ったような顔をしながらも、一人一人丁寧に受け答えをしていた。もちろんその間は、早苗はほったらかしである。世話焼きだ世話焼きだと思っていたが、ここまでくるといっそ清々しい。

（この人たらし！）

本当に叫ぶわけにはいかないので、心の中でそう毒づいた。

最初は一人のおばあちゃんだった。たまたま修二を見つけて、「あぁ、あの時の！」と寄ってきてくれたのだ。それから人が人を呼び、気がつけば十人以上が彼を囲っていたのである。

もちろん――

「あの人、かっこよくない？」

「本当。かっこいいね！　声かけてみようか！」

変に目立っているためか、お近づきになりたい女の子達も、その人垣の中にはチラチラと見える。

（唯花達は仲良くおみくじ買ってたりしてるのになぁー）

チラリと振り返ると、唯花と國臣は二人で寄り添って互いのおみくじを覗いたりしている。その二人の距離の近さに、ため息が漏れた。

「いいなぁ……」

少し前の想像では、自分達もああやって初詣を楽しんでいたはずである。

こんな状況になったのも、ひとえに神社選びを間違えたからだ。こんな地元の人がたくさん来る神社に来てしまったがために、修二は囲まれて、早苗は手持ち無沙汰になってしまった。まったくもって想定外である。

（本当に今年はついてないのかも……）

まだおみくじは引いていないが、なんだか今年のおみくじは引きたくない。しょっぱなから『凶』なんて出たら、一年の出鼻をくじかれる。今年こそはどうにかして修二との仲を進めたいのに、その気力だって削がれてしまうだろう。

「ねぇ、もしかしてあの子、修二くんのいい人なのかい？」

そんな声がして、早苗は顔を上げた。すると、人垣の中にいた年配の女性がこちらを振り返っている。早苗のことが気になったのだろう。

ほくほくとした女性の笑みに、早苗は目を瞬かせたまま首を傾げた。

（『いい人』って……、もしかして、恋人かどうかってこと!?）

その意味に気づいた瞬間、顔がカッと熱くなった。

修二もこちらを見ていたようで、ばっちりと目が合う。

「あぁ、アイツは……」

「そ、そういうんじゃないです!!」

修二が答える前にそう叫んでしまう。その声に彼を囲んでいた人も早苗のほうを見た。

その視線は恥ずかしかったけれど、ここで『妹みたいな存在のやつです』なんて言われたら、立ち直れない。だから先に、否定しておいたのだ。

改めて修二を見ると、彼はこちらを睨み付けていた。そんな顔を見ていたくなくて、早苗は彼に背中を向けた。

「わ、私、あっちでお守り選んでるね！」

「あっ！　おい！」

彼が止めるのも聞かずに、早苗はその場を後にした。


「はぁあぁぁ……」

無病息災のお守りを手に取りながら、早苗は今日何度目かわからないため息をつく。

彼はいまだに人に囲まれており、こちらを追って来てはいないようだった。

（あんな目で見なくてもいいじゃない……）

早苗は先ほどのことを振り返る。

彼の目は、どこか怒っているようだった。『そ、そういうんじゃないです!!』そう叫んだ後のも、されてもいない。『そういうんじゃない』のは本当のことだ。二人は付き合ってもいなければ、告白をして
逆に、早苗がああ言わなかったら、彼は何と言うつもりだったのだろうか。

「……はぁ……」

「なに？　ため息なんかついて。また修二と喧嘩でもしたの？」

「うん。喧嘩って言っていいのかは微妙だけど……」

「二人って、昔からそういうところ変わらないよね」

「まぁ、そもそも付き合いが長すぎるんだよね――って、暁人さん!?」

突然うしろに現れた暁人に早苗はとびのいた。そんな彼女を見て暁人はカラカラとおかしそうに笑っている。

神社で起こった想定外のことは、実はもう一つあった。

待ち合わせ場所で暁人に会ったのである。さらに言えば彼もデートだったようで、気がつくとダブルデートがトリプルデートになってしまっていた。

早苗は暁人の背後をちらりと見て首を傾げる。

「雨音さんだっけ？　あの人、放っておいていいの？　デートしてるんだよね」

「いいの……っていうか、『向こう行っててください！』って追い返されちゃった。絵馬書いてるみたいなんだけど、俺に見せたくないみたいでね」

「恥ずかしいのかな？」

絵馬がたくさんつり下がっている壁の前にある台で、彼女は必死に何かを絵馬に書き綴っていた。その表情は真剣で、よほど叶えて欲しい願いがあるとみえる。

暁人は雨音のほうを見ながら、肩を揺らした。

「たぶんね。あれ、俺のこと書いてくれてるみたいだから」

「へ？　絵馬に？　自分のことじゃなくて？」

「そ、自分のことじゃなくて。……なんか、変な子なんだよね。あの子」

晩人はそう言って笑う。その顔が彼女のことを心から慈しんでいるようで、なんだかとってもそういう関係が羨ましくなる。

「いいなあ……」

「何が？」

「みんな、仲良さそうで……」

トリプルデートとは言ったが、これでは実質ダブルデートだ。自分達以外のカップルはうまくいっていて、自分達だけ『カップル』ではなく『ただ一緒に来ただけ』という感じである。國臣と唯花もなんだかんだといってうまくいっているし、晩人と雨音だってお互いを大切に想っている。それがひしひしと伝わってくる。

「早苗が言いたいこともわかるけど、それは単に隣の芝が青く見えるだけなんじゃない？」

「そうなのかな……」

「ま、確かに。片想いをしてる女の子の立場からすれば、あの状況はいただけないよね？」

早苗の気持ちを知っている晩人は、そのまま視線を修二に移す。

修二は今度は若い女性達に囲まれていた。その中の一人がスマホを出すと、それに倣うように他の女性もスマホを取り出す。きっと連絡先を交換しようとしているのだ。

早苗はますます唇を尖らせた。

「なによ。デレデレしちゃってさー……」

「別にデレデレしてるようには見えないけどね。むしろ俺には困ってる感じに見えるけど」

「そう？」

「そう」

　暁人は柔和な表情で頷いた。その言葉に、少しだけ胸のつかえが取れるような気がしてくる。

「修二って昔からモテるよねー」

「モテるかモテないかっていう話になったら、暁人さんに勝てる人いないと思うけど？」

「それは否定しないけど。ほら、俺の周りにあんまり人は集まってこないからね」

　確かに、暁人はモテるが、彼の周りに人が集まっているのを見たことがない。みんな遠くから鑑賞して、きゃあきゃあ言っている感じだ。それはおそらく、あまりにも顔の造形が整いすぎていて、声をかけるのも恐れ多い、高嶺の花といった感じになってしまっているからだろう。話してみれば気さくで、冗談も通じるいい男なのだが、みんな話さないからそのことに気がつかない。

「それに俺が言ってるのは、『女性にモテる』っていうより『人間そのものにモテる』ってことだからね」

「人間そのもの？」

「老若男女問わずってことだよ。早苗なら言わなくても知ってると思うけど、アイツ昔から世話焼きだからさ。突き放しちゃっても、困ってるってわかったら助けちゃうし。自分のことよりも相手のことを優先しちゃうしさ。俺、あいつのそういうところ結構好きなんだよね」

「……うん。私も修二のそういう所、とっても良いと思う」

早苗は頬を染めながら、俯いた。そして、修二と出会ったばかりのことを思い出す。

修二と早苗が最初に会ったのは、彼女が四歳になったばかりの頃。両親が郊外に家を買って、引っ越してきたのだ。最初、早苗は家に引きこもりがちだった。母親が何を言っても新しい幼稚園には通わなかったし、行きたいとも思わなかった。引っ越しのせいで通ってた幼稚園を転園することになり、子供なりに築いた友人関係が全部パーになって落ち込んでいたし、新しい友人ができなかったら……と怖がってもいたからだ。

そんな彼女を助けてくれたのが、修二だった。庭に飛んできたボールを取りに来た彼は、家の中で一人黙々と図鑑を読む早苗に声をかけてくれた。

『一緒に遊ぶか？』

『え？』

『好きでやってんならいいけど。そんなところに閉じこもってばかりいて、つまらなくないか？』

それから早苗は修二にべったりだった。彼が小学校から帰ってくると、飛びついて歓迎したし、男同士の遊びにもすすんでついていった。早苗が一人でできないことは必ず修二が一緒にやってくれたし、できるように教えてくれたりもした。中学校の時に小さないじめに巻き込まれた時も、助けてくれたのは彼だった。

「早苗は修二のそういうところが好きだもんね」

「……うん。まぁ、そうだね」

昔のことを思い出したせいか自然と頬が緩んだ。彼女を見下ろしながら、暁人は唇を引き上げた。

「あーもう、ほんと！　早くくっつけばいいのに。板挟みになってる俺の気持ちも考えてよね」

「それは……すみません」

そこは素直に頭を下げる。修二とのことに関して、暁人には昔から世話になりっぱなしだ。二人きりで出かけるのは恥ずかしいからと、暁人に誘ってもらった体にして修二を遊びに誘ったことも、一度や二度ではない。

「もういっそのこと、早苗から告白すれば？」

「……そんな簡単にできたら、もうしてるよ」

「そんなに難しい？」

早苗は一つ頷いた。もしかしたら自分は素直になれない病気にでもかかっているんじゃないかというぐらい、彼に対して素直になれない。

「告白できないなら、もう無理やりアタックしちゃえば？」

「アタック？」

「いきなり寝込みを襲うとか」

「はぁあぁ？」

とんでもないことを言い出した暁人に早苗はひっくり返った声を上げた。告白ができないのに寝込みを襲うなんて絶対に無理だ。口で言うのが恥ずかしいなら行動で……ということなのかもしれないが、発想が突飛すぎる。

「む、無理！　そんなの、絶対に無理！」

「まぁ、そうだよね。俺もいきなり早苗がそういうことしだしたら、びっくりするかな」

「……暁人さん？」

睨み付ける早苗に暁人はなおも機嫌良さそうにカラカラと笑う。

「でもまぁ、今まで引きっぱなしなんだから、たまには押してもいいんじゃない？　恋愛って、押したり引いたりが大事なんだって。……最近、映画で見た」

そう言って笑う彼の顔に、『雨音ちゃんと』が見え隠れする。

その幸せそうな顔に、早苗はまた羨ましくなって、口をへの字に曲げた。

「さっき何話してたんだよ」

その低い声が頭の上に落ちてきたのは、暁人が去ってしばらくしてからだった。早苗は買ったばかりのお守りの入った袋を持ったまま、声のしたほうを見上げる。そこには案の定、修二がいた。彼は不機嫌そうに眉根を寄せたまま、こちらを見下ろしている。

「へ？」

「暁人と何話してたんだ？」

いざそう聞かれると返答に困る。彼とはいろんな話をしたが、その話のほとんどが修二に関することだ。それを馬鹿正直に言う気にはなれない。

「えっと……」

（なにか修二に話せそうなこと話したっけ……）

早苗は先ほどの会話を思い出す。するといきなり、暁人の声が耳の奥に蘇ってきた。

『告白できないなら、もう無理やりアタックしちゃえば？』

『いきなり寝込みを襲うとか』

その言葉を思い出した瞬間、身体中が熱くなった。暁人はああいうこと言って早苗のことを揶揄うことがままあるが、今回はちょっと過激だ。告白もできない自分が『襲う』

なんて絶対にできないし、第一そういうことをしても、修二に怒られてしまうだけだろう。

（でも、私から仕掛けたら何か変わることがあるのかな。襲う、まではいかなくても、キス……とかなら……）

「おい」

頭に浮かんだ妄想をさらに加速させるように、修二の声が重なる。

早苗の身体はますます熱くなった。

「早苗？」

「あ、えぇっと……。なんでもない。ただ、最近お互いに何してるかとか……そんな感じ？」

もじもじと指先を合わせながらそう言うと、彼は面白くなさそうな声で「……ふーん」と言っただけだった。その声色の変化に気づかないまま、早苗は買ったお守りを胸に抱くのだった。

トリプルデートがお開きになったのは、十六時を過ぎた辺りだった。

國臣と唯花はマンションのほうへ、暁人と雨音はこれからまだ用事があるらしく、街のほうへ去っていった。

残った早苗と修二はそのまま家へ帰ろうとした。しかし、早苗が途中で夕飯の買い出しがしたいと言い、スーパーに寄って帰ることになった……のだが……

「やっちゃったね……」

「あぁ」

二人は近くの公園にある屋根付きのベンチで服を絞っていた。急な土砂降りに遭ってしまったのだ。修二が持ってくれていたマイバッグの中にも水が入っていて、買ったばかりの食材はこれでもかと水に濡れてしまっている。

「もう、最悪！　今年は本当についてない！」

「まだ始まって一日だろうが。諦めんな」

「そんなこと言ったって！　今日ほんと散々だったんだからね！」

いくら思い出しても、今日は本当にとことんついてない一日だった。良かったことといえば、買おうと思っていたお守りを買えたことぐらいで、それ以外は本当に散々だ。

（お守り、濡れなかったかな……）

鞄の中に入ったお守りをつい心配してしまう。でもここで出してしまうわけにはいかなかった。なぜならそれは、修二に渡すつもりのお守りだからである。

（喜んでくれると良いけど……）

消防士がどんな仕事なのかはなんとなくしか知らないが、安全な仕事ではないことは知っている。そしてその仕事が、人の生活にとってなくてはならない大切なものだということも知っている。だからこその神頼みである。『無病息災』と『厄除け』と『仕事守』

の三つで迷って、結局早苗は『厄除け』を買った。

(ま、今日はこれを渡せたら良しとしよう)

早苗は空を見上げる。先ほどよりは雨脚は弱まったが、それでもここから家までの距離を考えると、濡れずに帰るのは無理な話だった。

「せめて雪だったらよかったのに、なんで雨かなぁ……」

「まぁ、最近は冬なのに暖かかったからな」

「もう、帰ったら絶対！　あったかいお風呂に入ってやるんだから！」

「……そういえば、おまえんち給湯器壊れてたな」

「あ……」

修二の言葉で今朝のことが蘇る。そうだ。家に帰っても、彼女を待っているのは冷たい水だけだ。早苗は頭を抱えた。

「あーもー！　本当に最悪！　銭湯が開いてる時間までに雨やむかなぁ」

やまなかった場合、これだけ雨に降られているのに、お風呂はお預けだ。最終手段として、コンロで沸かしたお湯をせっせとお風呂に溜める方法があるが、現実的ではないだろう。

修二は頭を抱える早苗を見下ろしながら、頭をかいた。

「もしよかったら、ウチの風呂に入ってくか？」

「へ？　……いいの？」

「いいも何も、そのままだと風邪ひくだろ？　……まぁ、お前が嫌だって言うなら、話は別だけどな」

何か言いたそうな修二に、早苗は首を振った。

「そんな！　嫌なんてことあるはずないよ！」

「……」

「……それじゃあ、入らせてもらってもいい？」

「ん」

修二は複雑な顔で、そう短く返事をした。


（今年は、ついてるかもしれない！）

降って湧いた思わぬ幸運に、早苗は入浴しながら、胸元に拳を掲げた。

今風呂に入っているということは、服が乾くまでいてもいいということで。服が乾くまでいてもいいということは、乾燥機で乾かすにしてもあと三時間は一緒に過ごせるということだった。

「とりあえずお守り渡して！　それで――」

『告白できないなら、もう無理やりアタックしちゃえば?』

『いきなり寝込みを襲うとか』

「寝込みを襲うのは無理でも、キ、キスぐらいなら、なんとかなるかな……!」

直接口にしなくても、頬とか、額(ひたい)とか、頑張れば行けそうな気がする。どうしても無理なら、手とか、指先とかなら、恥(は)ずかしくてもなんとかなるだろう。

(修二はきっと、びっくりしながら『なんでこんなことするんだよ』とか言ってくるだろうから、その時は勇気を振り絞って——!!)

「好きです。付き合ってくだ……」

『おい、着替えここに置いとくぞ』

「ひゃいいいぃ!?」

突然、浴室の外から掛けられた声に、早苗は飛び上がる。扉のほうを見ると、彼の影があった。バスタオルの上に早苗が着るだろう着替えを置いてくれている。

『なんだよ、突然変な声出して』

「さ、さ、さっきの聞いてた!?」

『さっきのって?』

「聞いてないならいいの!」

早苗はそうやって話をぶった切る。

修二は彼女の言葉に『なんなんだよ』と零していたが、それ以上追及することなく、脱衣場から去っていった。

早苗は驚きで跳ね回っていた心臓を落ち着かせる。
二、三回深呼吸すると、身体の震えも、心臓も、だんだんと通常運転に戻っていった。
「……よしっ！」

温まった身体と気持ちで、早苗はそう気合いを入れた。


早苗の後に修二も入浴し、一時間後には彼女のもくろみ通りに、あとは二人っきりの時間となった。ソファの端で肘をつきながら雑誌をめくる修二。その隣で、早苗はぎゅっと膝の上で両手を握りしめていた。その手の中にあるのは、修二のために買ったお守りである。

（いざ、渡すとなったら、どうすれば良いんだろう……）

想像の中での自分はいとも簡単にお守りを渡していたが、現実となるとどうにも緊張と羞恥が先に出て、動けなくなってしまう。

そんな彼女を不審に思ったのか、修二はこちらに視線を向け、首をひねった。

「なんだか元気ねぇな」

「そ、そう？」

「何かあったか？」

「えっと……」

早苗はもじもじと膝を擦り合わせる。要は勢いが大事なのだ。これは告白ではない。

ただお守りを渡すだけだし、そのお守りに特別な意味などはこもっていない。普通の友人に渡すように『はい、どうぞ』と渡せばいいだけの話だ。

「あ、あのね――！」

「お前、……下着は？」

「え？　下着？」

修二の視線が胸元で止まっている。彼の視線を追いかけるように自分の胸元を見ると、小さな突起が二つほど、貸してくれた彼のシャツを押し上げていた。その突起の正体に気がついた瞬間、早苗は真っ赤になり、慌てて胸元を隠した。

「や！　あ、あの！　コレは――!!」

「お前、……まさか着けてないのか？」

唸るような修二の声に、早苗はソファの上で膝を抱えるようにして小さくなる。

「だ、だって、濡れてたし……」

「下は？」

「……下も……」

彼の視線が下半身へと滑る。その視線の先にあるのは彼の貸してくれた短パンだし、何も見えていないはずなのだが、なぜか妙に見られるのが恥ずかしい。

早苗が恥ずかしげに視線を逸らすと、彼は片手で目元を覆った。

「何でお前は……」

怒っているような、呆れているような声だった。早苗はぎゅっとつま先を丸め、身体を固くした。

「お前、本気で俺のこと男だと思ってねぇだろ？」

「お、思ってるよ？」

「んじゃ、どうして今日、のこのことついてきたんだよ」

その声とともに、影が差す。顔を上げれば、修二が早苗をソファと彼との間に閉じ込めていた。両脇についたたくましい腕に血管が浮いている。

「お前、つい最近、ここで襲われたばかりだろうが」

「あ、あれは……」

「もう一度、同じようなことがあってもいいのかよ」

今度は膝が両脚の間に差し込まれた。

「そ、それは……」

どんどん近づいてくる彼に、早苗はぎゅっと目を瞑る。

心臓が身体中を暴れ回って、頭の中が沸騰して、ほんとうにもうどうにかなりそうだった。

修二は獲物を目の前にした猛禽類を思わせるような視線を彼女に落とす。

「十秒やる」

「え？」

「嫌なら十秒以内に逃げろ」

「……逃げなかったら？」

「そのぐらい、もうわかんだろ？」

頬に手が這った。輪郭をなぞる彼の手に早苗は自分の手を重ねる。

そのままその手のひらに唇を寄せると、彼は目を見張って、息をのんだ。


結局、十秒も待ってはもらえなかった。


「ん、ぁっ」

想像していた最初のキスは、夜景が見える丘の上で、互いに手と手を取り合いながら、そっと唇を重ねる。場所とか時間とかは多少違っても、そんな感じのロマンティックなキスを想像していた。

「んふ——ぁっ」

なのに実際のキスはそれとは真逆で、まるで食べられているような、荒々しいもの。

下唇も上唇もどちらも食(は)まれて、舌は無理矢理引っ張り出された。

呼吸がうまくできなくて、涙目になる。彼はそれに気づいているはずなのに、唇を離してはくれなかった。

「んっんふっぅ」

「呼吸は鼻でするんだよ。……下手かお前」

「そんなこと——んん」

行為は荒々しいし、言葉は乱暴。なのに、声色(こわいろ)と身体に触れてくる手のひらはびっくりするほど優しくて、『そういうところも好きだな』ととろける頭で思ってしまう。

そうしてキスしている間に、ソファの上に仰向けに寝かされる。その上に彼が覆(おお)い被さり、今度は首筋に顔を埋(うず)められた。

(私、修二と——)

何度も見ているはずの奥崎家の天井に、自分達がしている行為を実感する。

怖くはない。怖くはないが、心臓が暴れ回りすぎていて、死んでしまいそうだった。

早苗はお守りを持っていないほうの手で彼の背中に縋(すが)り付く。すると、彼はシャツの隙間から手を差し入れてきた。

「ひぅ――っ」

身体が無意識に跳ねる。腹部に触れる彼の手のひらが火傷(やけど)しそうなほど熱くて、くすぐったい。

今度はシャツがたくし上げられて、何にも覆(おお)われていない胸が飛び出てきた。

その胸の頂(いただき)に、彼は齧(かじ)りつく。

「やっ――」

一瞬、呼吸が止まった。

喉を反らして快感に耐える早苗を尻目に、彼はまるで味わうかのように彼女の胸を堪能する。その様子はまるで赤子のようなのに、こちらを見てくる彼の視線は大人の色香を纏(まと)っていて、その差に背中がゾクゾクした。伸びてきた彼の舌先は、胸の先端を丁寧に舐(ねぶ)る。

「やっ、やだぁっ、ぁんんっ」

「んっ」

甘い声が勝手に口から漏れる。その声を聞きながら、彼はどこか嬉しそうだった。

「あぁっんっ」

「はぁ……っ」

やがて邪魔になったのか、彼が早苗のシャツを乱暴に脱がす。そのシャツと一緒に、手に持っていたお守りが、床にころりと転がった。早苗がお守りを持っていたことさえも知らない修二は、当然それに気づかない。

早苗は、転がったお守りに手を伸ばした。

「や、ちょ。修二、待って――」

「待てない」

「でも、ま――んんっ！」

抵抗だと思ったのか、まるで縫い付けられるように手首を固定される。

早苗を組み敷きながら、修二は低い声を出した。

「なんだよ、今更嫌がるのか？」

「そうじゃ、なくて」

「そうじゃなかったら、なんだよ」

「あの――」

『渡したいものがあるの』

本当はそう言いたかった。けれど彼女の口は、思ったように言葉を発してくれない。

こんな恥ずかしい行為をしておいて、恥ずかしい格好になっておいて『彼にお守りを渡す』という単純なことが恥ずかしくて仕方がない。

もごもご口を動かす早苗をどう思ったのか、彼の目が据わる。

「お前さ、まだ暁人のこと好きなのかよ?」

「え?」

「今日も随分と楽しそうに話してたな」

修二は責めるようにそう言いながら、指先を早苗の穿いているズボンに差し込んだ。

「あっ」

「もしかして、暁人に抱いてもらえねぇから、俺に身体許してるのか?」

思いもかけない言葉に、目を見張る。そんなこと考えたこともなかった。

驚いている間に、彼の手はそのまま早苗の割れ目にたどり着く。そして、潤い始めたそこを中指でゆっくりとなぞり始めた。

「んっ」

「許さねぇからな」

「あの——」

「それはさすがに許さねぇよ」

いままでに聞いたことのない声の低さに、身体が震えた。彼の指先は彼女から溢れ出た蜜を絡ませながら、裂肉の間を押し進む。

「んっ、あっ、ふぁ……」

「もしそういうつもりで俺に身体を開いてるんなら、後悔するぞ」

修二がそう言った時にはもう、彼の太い指は一本まるまる早苗の中に収まっていた。

初めて中を広げられる痛みに、目尻には涙が浮かんだ。

「んぁ……」

そのまま彼は蜜を掻き出すように指を動かし始める。

「やっ、あぁっ、ぁん、んやっ！」

彼の指の動きに合わせて、鼻にかかるような甘い声が口から漏れる。口元を押さえても、声は止められなかった。

彼の指が動くたびに、粘っこい水音が耳を犯した。やがて指は二本に増やされ、さらに手つきも激しくなっていく。借りていた短パンはもう取り払われていた。

「あんんっ！　やっあ、ぁっやだっぁ！」

激しさを増す彼の愛撫に、迫り来る快感に、早苗はぎゅっと目を瞑る。

そんな彼女の耳元に、修二は唇を寄せた。そして――

「ほら、ちゃんと目を開けよ」

怒っているのか、叱っているのか、甘く囁いているのか。

どれともつかない声で、彼はそう言う。

「セックスの時ぐらい、俺を見ろよ」

その言葉に切なさが含まれているのだけは、早苗の呆けた頭でも理解できた。

彼は、どこに持っていたのか避妊具を口にくわえ、ズボンをくつろげた。そして、熱く滾った己を取り出す。その太さと大きさに早苗は目を見張った。

「ちょっ……」

「お前、初めてだよな？」

「は、初めてだけど……」

「一度だけすごく痛いのと、すごく痛くはないけど長い時間痛いのだったら、どっちがいい？」

いきなりされた問いに早苗は固まった。男性経験がない早苗にだって、その問いが何を示しているかぐらいは理解できる。要は、一気にされるのと、少しずつされるのとだったらどっちがいいかということだ。

「えっと……」

「どっちだ？」

「さ、最初のほうかな」

「ん」

短く返事をすると、彼は早苗の膝を立てた。そして、自分の雄を早苗の下腹部に当てる。

「臍ぐらいか」

自身がどこまで入るのか確かめられたのだと気づいた時にはもう遅く、彼の丸い先端は早苗の恥肉を抉っていた。

そのまま彼は一気に押し入ってくる。

「ぃっ、ぁあぁぁんっ――」

「きっつ……」

初めて開かれた裂肉に身体が痙攣する。痛みと、無理矢理内臓を押し上げられる苦しさに涙が頬を伝った。はくはくと酸欠の金魚のように唇を動かしても、上手に呼吸ができないし、痛みも和らがない。

先ほどまで処女だった身体がキツいのか、修二も苦悶の表情を浮かべていた。

二人はそのまま抱き合って、身体が落ち着くのを待つ。そうして、早苗の力が抜けたのを見計らって、彼はゆっくりと腰を動かし始めた。

「あぁっ、あっ、んぁ、んやっ」

彼の腰に合わせて喘ぐ。もう頭では何も考えられない。

突き上げられるのが、痛いのか、苦しいのか、気持ちいいのか、それさえもわからない。

ぐちゃぐちゃと身体を犯されている音だけを聞きながら、早苗は修二の首に腕を回し、ぎゅっと抱きしめた。

「早苗、あんまり可愛いことするな。優しくしてやれなくなるぞ」

「え？」

修二は早苗の膝裏を持ったまま、彼女の身体を折り曲げた。そのまままるで上から押し潰すかのように彼女に腰を打ち付けはじめる。その抽挿は先ほどよりもずっと激しくて、速い。

「やだんやっぁんあぁぁっっ!!」

ぐじゅぐじゅと中をかき混ぜられる。彼が腰を打ち付けるたびに乾いた小気味のいい音が室内に広がった。

誰かと繋がるということが、こんなに激しくて、こんなに熱くなる行為だということを彼女は初めて知った。いや、教えられた。

「早苗、目を開けろ」

「んぁ……」

「ここに入ってるのは誰だよ」

そう言って腹部を撫でられる。見ると、彼女のそこは彼の形に合わせてぷっくりと膨れ上がっていた。

「お前としてんのは誰だ？」

「しゅうじ……ん、ぁ、ん」

「そうだ。忘れんなよ」

先ほどよりも一層抽挿が激しくなる。それに合わせて早苗の目の前も白と黒の点滅を繰り返した。早苗は快感を逃がすように、ぎゅっと修二にしがみつく。彼もそれに応じるように彼女を抱きしめた。

そして、早苗の耳に修二の唇が触れる。

「好きだ」

「え？　あ、あぁ、んあぁっ――！」

突然の言葉を理解する前に、快感の高まりを無理矢理押し上げられる。

身体の筋肉がこれでもかと収縮して、つま先がきゅっとシーツを掴んだ。

「あぁっあああぁ!!」

「ん――」

早苗が果てるのと同時に、彼も彼女の中に欲望を迸らせた。

第四章　壊したくない関係

たぶんもうずっと前から、こうしたいと思っていた。

「やっん、あぁん、ぁっ、あぁっ――!!」

その日、何度目かわからない欲望を彼女に注いで、修二はまた手早く被せを替えて腰を振り始める。擦りすぎて赤くなった彼女の襞に、もうこれで終わりにしようと何度も思うのに、彼女のよがる姿がまた身体を熱くさせて、何度も、何度も、繰り返し求めてしまう。

正直、こんなことになる前は、彼女を一度抱けば満足すると思っていた。

なんなら、あの初詣の日で終わりにするくらいの気持ちでいた。

幼馴染としての関係も、自分の片想いも、全部ひっくるめて終わらせる気でいたのだ。

いつまで経っても彼女は暁人を諦められないんだと、あの初詣の日に実感してしまったから。

だからだろうか、彼女が果てる前に唇は自然に彼女への想いを吐露していて、彼女はそれを聞いて驚いたような表情を浮かべていた。

もうこれで終わりだ。

あの時はそう思った。気持ちがあるのもバレてしまったし、こんな風になかば強引に抱いてしまったのだから、彼女はもう自分に近づいてこない。そう思っていた。

なのに彼女は、翌日も、その翌日も、いつものように家を訪れた。

『お風呂貸してもらえない？』

そう恥ずかしそうにはにかみながら。

あそこまでされたのに、気持ちも伝えたのに、それでもなお自分に会おうとする彼女の気持ちがわからなくて、また押し倒した。すると彼女は、また大した抵抗もなく身体を開いて、それがまたよくわからなくて、彼女を貪った。

そうして、ずるずる流されるように今まで関係が続いてしまっている。

「お前は、暁人のことが好きなんじゃないのかよ」

繋がったまま意識を飛ばしてしまった彼女の前髪を、優しく梳く。

「もう、さすがに離してやれねぇからな」

嫌がらない彼女が悪いのだ。意識を飛ばしていた彼女がゆっくりと目を開ける。それと同時に抽挿をふたたび始めると、彼女はまた甘い声を上げて修二に縋ってきた。

「さなえ先生、ここ、虫刺されてるよ」

その声とともに、小さな指先がツンと首に当たった。早苗はその声に振り返り、慌てて首を押さえる。

教えてくれたのは早苗が担任をしている年長組の男の子だ。

「あ、ごめんね。教えてくれてありがとう」

「ううん！　でも、寒いのに虫さんいるんだね！　蚊かなぁ？」

「そうだね。寒いのに外に出てる虫さんがいるのかもね」

早苗は平静を装ったまま、そう受け答えする。

もちろん首の痕は虫刺されなどではない。それは、紛れもないキスマークだった。

（修二ってば、見えるところにはつけないでって言ってたのに！）

じわじわと上がっていく体温とともに、昨晩のやりとりが頭をかすめていく。

絡まる吐息に、重ねられる体温。貫いてくる熱に、自分のものとは思えない嬌声。

早苗は火照った頬を冷ますように顔を手で扇いだ。


初詣の日から三週間、二人の関係はいまだに続いていた。関係といっても、付き合っているわけではなく、身体を重ね合うだけの関係。修二の家に早苗が行くこともあったし、修二が早苗の仕事終わりにわざわざ迎えに来るようなこともあった。二人で夜を過ごすのはもう当たり前になりつつあって、そんな二人のことを早苗の父親は交際しているのだと思っているようだった。

「どういうつもりなんだろ……」

早苗は首筋を押さえながら、誰にも聞こえない声でそう呟いた。

消防士の体力は底なしなのか、一晩一回では終わらない。二、三回求められるのはザラで、彼の公休と早苗の休みの日が重なった時などは、朝日が昇るまで身体を堪能されることもある。

そういう行為をしている間、彼は何も言わない。『好きだ』も『愛してる』も口にしてくれない。

だけど、彼の早苗を抱く手は、とても優しくて、丁寧で。それだけでもう大事にされているというのがひしひしと伝わってくるのだ。

（セフレ……とかじゃないって思うけど……）

『好きだ』

初めて抱かれた日に聞いた彼のかすれた声、あの言葉が本当なのかどうか、早苗はいまだに彼に聞けないままでいた。本当だと思いたい。いやたぶん、本当だ。でも、それならどうしたらいいのだろうか。

（私も『好き』って伝えたほうがいいんだよね）

だけど、この期に及んでもやっぱり、早苗は素直にはなれなかった。

だって、やっと彼に妹としてではなく女性として見てもらえているのだ。もし、彼の答えが、気持ちが、早苗の想像しているものとは違ったら、この関係だって崩れてしまう。

長い間、幼馴染を続けていた彼女にとって、今のこの関係は奇跡のようなものなのだ。

それにもうこれは、付き合っているのと変わらないじゃないか。

そんな想いも、彼女の決心をにぶらせていた。

「もうちょっとだけ、良いかな」

早苗は彼の痕が残る首筋に絆創膏を貼りながら、そう独りごちるのだった。


「先生さようならー！」

「はい、さようなら」

幼稚園の預かり保育の園児が手を振りながら帰って行く。その子に手を振って、早苗も鞄を持ち直した。今日は預かり保育の担当ではないので比較的早く帰れる。……と言っても、もう十七時だった。日が落ちるのが早いためか、辺りはそれなりに暗くなってしまっている。

「もう帰りか？」

幼稚園を出たところでそう呼び止められた。その声の主は振り返らなくたってわかる。

「修二」

「迎えに来た。今日も、来るんだろ？」

当然のようにそう言われ、鞄をまるでひったくるように持たれた。

早苗が頷くと、彼は先導して歩き出す。

「夕食は？」

「どうしよっか。買って帰る？」

「おじさんは？」

「会社の人と食べてくるって。最近、多いんだよね……」

修二の家に通うようになってから、早苗の父親は外食が妙に多くなった。母親が死んでからそういうことはなくなっていたのに、最近になって急に。そのおかげなのかなんなのか、修二と食卓を囲める日も多いのだが、なんだかそれが気を遣われているようで、むずがゆく感じてしまう。

「気ぃ、遣われてんだろうな」

「そう、なのかな」

修二も同じように思ったのだろう、彼はそう言いながら頭を掻いた。

「……今度から俺がそっちいくわ」

「え？」

「うちに来るのは、おじさんに気が引けるだろ？　俺が行けば三人で夕食が食べられるからな」

「そう、だね」

「お前も、おじさん一人にしとくの嫌だろ？」

「うん。……ありがと」

彼のそういう気持ちを大切にしてくれるところが、大好きだ。零しそうな、諦めそうな気持ちを、一つ一つ自分のことのように大切にしてくれるところが、すごく愛おしい。

空いている手のひらに指が絡まって、顔を上げたら、手を繋がれた。

「あのさ、しゅう――」

「あ、先生！」

早苗は声のしたほうを向く。そこには、昼間早苗の痕を見つけた年長組の子がいた。

「あ、章吾くん」

「こんばんは」

ちょうどスーパーから出てくるところだったようで、続けて出てきた母親にも早苗は頭を下げた。

章吾は母親の手を振り切り、こちらに走ってくる。

「先生、こんなところで会うなんて、きぐうだね！」

「そうだね。奇遇だね」

微笑むと、章吾もにっと歯を見せて笑う。そして彼は、早苗の隣に立っている修二に目を向けた。

「先生、この人は？」

「あ、この人は――」

「もしかして、……先生のこいびと？」

「へ？」

「こいびとなの？」

　随分とませたことを聞かれて固まってしまう。うしろでは母親が「こら、やめなさい！」と章吾を叱っていた。

「えっと」

　早苗はどう答えるか迷う。頭を掠めたのは、あの初詣の日のことだ。

『ねぇ、もしかしてあの子、修二くんのいい人なのかい？』

『そ、そういうんじゃないです!!』

　恥ずかしかったのと、そう答えるしかなかったのと、彼の答えが聞きたくなかったのと。いろんな思いがまぜこぜになって、結局そう叫んでしまった。でもまさか、今目の前の少年にそう答えるわけにはいかないだろう。

「えっとね……」

「そうだ」

「え？」

「俺は早苗先生の恋人だよ」

　そう言ったのは修二だった。その言葉に、早苗も章吾も驚いた顔つきになる。

「えー、なんでだよ！　オレが先生とけっこんするよていだったのにー」

「それは残念だったな」

まるで勝ち誇ったように修二がそう言うと、章吾はまるで泣き出しそうな顔で頬を膨らませた。

「やだぁ！」

「そう言われてもな。俺も嫌だからな」

「オレが先生とけっこんするんだもん‼」

「先生、すみません。ほら章吾、帰るわよ！」

母親が章吾を抱き上げる。そのまま早苗に頭を下げて、二人はそそくさと帰っていった。

その背中を見送って、早苗は修二を振り返る。

「修二、今の……」

「なに赤くなってるんだよ」

その言葉で、自分が赤くなっていることを実感する。

「俺の気持ちなんて、とっくに知ってるだろ」

「……それは……」

早苗は言葉を濁す。修二がそう言うということはやっぱり、あの時聞いた『好きだ』は本当だったのだろうか。それならば今ここで早苗が気持ちを伝えても、きっと最悪の結果にはならない。それどころか、修二の恋人にだってなれるかもしれないのだ。

「あのね、修二」

「ん？」

「あのねっ！」

早苗は思い切って口を開いた。しかしその直後、聞き慣れないサイレンの音が耳に飛び込んでくる。慌てて音のしたほうを見ると、消防車がいくつも目の前の大きな道路を通りすぎていった。

「……緊急出動か。最近多いな。——っと、何か話の途中だったな？」

「あ、ううん。別に大した話じゃないし、大丈夫！」

勢いを削(そ)がれてしまった早苗はそう答える。

彼女の煮え切らない態度に、修二は片眉を上げた後「そうか」と頷(うなず)いた。

第五章　素直になれなかった代償

（なんだか最近、火事が多い気がする）

早苗はテレビに映るニュースを見ながら、そう思った。二月に入り空気が乾燥しているせいか、最近は火事のニュースが多い。今回は亡くなった方もいるのだとキャスターが神妙な面持ちで言っていた。修二も非番の日に呼び出されることもしばしばで、ここ一週間は会えない日が続いていた。当然、告白もまだである。

食事だけはきちんととっておいて欲しくて、家で多めに作った惣菜を冷蔵庫に入れておくのだが、次に冷蔵庫を覗（のぞ）いた時に残っていることも多く、そのたびに早苗は『ちゃんと食事がとれない日が続いているのかもしれない』と修二のことを心配していた。

「修二くん、最近忙しそうだね」

「うん」

いつの間にかうしろに立っていた父親の声に、早苗はそう頷（うなず）く。

少し元気がない様子の娘に、父親は少しだけいつもより明るい声を出した。

「修二くんなら大丈夫だよ。たくさん訓練も積んでるだろうし、心配しなくてもちゃんと元気で帰ってくるよ」

「そう、だよね」

早苗は自分の部屋の机に置いてある、お守りのことを思い出す。結局元日に買ったお守りは修二に渡せていなかった。

（渡しておけばよかったな……）

今更ながらにそう後悔してしまう。近所にある神社の、どこにでもある厄除け守りだが、持っていないよりは持っていたほうがいいに違いない。……多分。

（明日会う予定だから、その時にちゃんと渡そう）

早苗がそう決意するのと同時に、また遠くのほうからサイレンの音が聞こえた……ような気がした。

（早苗に会いたい……）

通常の当番勤務を終えた朝。家に帰る道すがら、修二はそんなことばかり考えていた。

忙し過ぎる毎日。緊張ばかりが続く現場。出動した分だけ書かされる大量の報告書。

そんなものばかりに日常が圧迫されて、早苗に会えない日々。

このぐらい会えないなんてことは今まで何度もあったのに、慣れとは恐ろしいもので、もう彼女に会えない日常というのを修二は受け入れられなくなっていた。

（今日の夕方には会えるはずだから、一度休んでそれから職場まで迎えに行くか……）

二十四時間勤務を終えた後は、家のベッドに身を投げて、そのまま昼まで寝るのがいつもの過ごし方だ。もちろん勤務時間の中には仮眠時間も設けられているが、あんな硬いベッドで安眠などできるはずもない。それに最近は出勤も多い。当番の日ならばまだしも、非番の日にまで呼び出されているのだから、その疲労は一層だった。

「あ、修二」

下を向いて歩いていた彼の耳に、跳ねるような明るい声が届く。

顔を上げると、家の前に早苗がいた。その手には、いつもの惣菜が入ったプラスチック容器がある。

「ちょうど良かった！　これ冷蔵庫に入れておいて！　さっき作ったばかりなの。お昼はこれをチンして食べてね」

「……早苗？」

「また夕方に来た時に容器回収するから、それまでに全部食べといてね？　わかった？」

「……」

疲れと願望で、とうとう幻が見えたのだと思った。

時計を見れば、時刻は九時をもう回っている。通常ならばこの時間、彼女は職場である幼稚園にいるはずだ。それならやはり、目の前にいるのは本物ではないだろう。

（やっぱり幻か……）

それならば、と、修二は早苗の手を取った。突然の行動に彼女は目を瞬かせ、首を傾げる。

「どうしたの？　――ひゃっ！」

そのまま無言で早苗を家の中に引っ張り込み、修二は彼女を押し倒した。

この際、幻でもよかった。彼女に会えるのなら、彼女を抱けるのなら。

早苗はしばらく驚いたような顔をしていたが、胸に手を伸ばすとすぐに甘く啼き始める。その声と、火照った顔と、投げ出された四肢に、疲れも理性も吹っ飛んだ。

押し倒した早苗が幻じゃないと気づいたのは、散々彼女をいいようにした、そのあとだった。

どうやら一度抱いたあと、満足して寝てしまったらしく、修二は昼過ぎにリビングで目を覚ました。隣を見ると、あられもない姿で眠る早苗の姿。ソファに置いてあった毛布はかかっているが、その下はおそらく裸だろう。

脱がしてしまったのは、もちろん修二である。

（やってしまった――……）

自分のしてしまったことを目の当たりにして、修二は目元を覆う。最悪なことに、行為をほとんど覚えていない。床に落ちているゴミで、かろうじて避妊具だけはつけていたことはわかるが、どんなことを彼女にしてしまったのかまでは記憶になかった。

カレンダーを見ると、今日は日曜日。当然彼女も休みのはずである。

「本当にバカだ……」

連日の激務のせいで曜日感覚が狂っていたらしい。

自己嫌悪でうなだれていると、今度は早苗が目覚めた。起きたばかりのまどろんだ目を修二に向けて、彼女はへらりと微笑む。

「あ、しゅーじ」

「悪い。いきなり変なことして」

謝る修二に早苗は首を振った。『大丈夫』ということだろう。

「乱暴にしてないか？」

「だいじょうぶ。優しかったよ」

起きたばかりだからか、舌っ足らずのところがたまらなく可愛い。

修二は早苗を自室のベッドまで運ぶと、そこで改めて彼女を組み敷いた。

会えてなかった日数分を埋めるには一回じゃとてもたりない。

「悪い。仕切り直しさせてくれ」

「へ？」

「今度は優しくする」

そう言って、唇を寄せようとした次の瞬間――

「きょ、今日はダメ！」

そう、はっきり断られた。覆い被さった身体も押し返されてしまう。

「は？」

初めてはっきりと早苗に拒絶され、修二は驚いた顔で固まってしまう。断られることは何度も想像していたが、いざその時となると結構ショックなのだと、修二は思い知った。

早苗は固まる彼をベッドに寝かせると、布団を掛ける。

「今日はゆっくり寝て！」

「……」

「最近働き過ぎです！　なので、変なことも禁止！　しっかり休むのが、今日の修二の仕事だからね！」

今までにない剣幕でそう言われ、修二は何も言えず口をつぐむ。あまりにも可愛い拒絶の理由に、その場で抱きしめたくなったがここはぐっと堪えた。あんまりそういうことをしていると、いい加減呆れられてしまうかもしれない。それに疲れているのも事実だ。

（こういう所が、好きなんだよな）

無邪気で天真爛漫でいつもは子供のようにあどけないのに、たまに見せる大人の表情や、気遣い、優しさが可愛くて、愛おしい。

（毎日こうだったら良いのにな）

彼女が家で待っていてくれるだけで今の何倍も頑張れそうな気がする。一緒に住めば、ここ最近のように会えなくて焦がれるようなこともなくなるだろうし、きっと毎日満たされる。

彼の寝ている脇で、彼女はへらりと可愛い笑みを浮かべる。

「起きたら何か食べられるようにご飯作っておくからさ」

「……さっきお前が持ってきてくれたのは？」

「押し倒された時に床に転がりました。後で食べ物に謝ってください」

「それは、……悪かった」

何を持ってきてくれたのかは知らないが、それは本当に悪いことをした。食べ物にも、彼女にも。一言謝ると、彼女は笑顔のまま一つ頷（うなず）く。

「それじゃ、ゆっくり休んでね」

「ん」

「いつもお疲れ様」

言いながら彼女は髪を梳（す）いてくれた。その手つきが優しくて、だんだんと瞼（まぶた）は重くなっていく。

（思った以上に疲れてたんだな）

そう思った時にはもうまどろんでいて、ゆっくりと落ちるように彼は意識を手放した。

「寝ちゃった」

あまりにも素直に眠りについた彼に、早苗は驚いたような顔をした。いつもの彼なら『このぐらい大丈夫だよ』なんて言って起き上がっていたはずである。その素直さと眠りにつく早さに、彼の疲労が見て取れたような気がした。

「痛つつ……」

早苗は腰をさすりながら立ち上がる。口では『優しかったよ』なんて言ったが、数時間前の彼はいつもより乱暴だった。まるで手負いの獣のように無言で組み伏せられ、身体を求められ、抵抗なんてものは当然させてもらえなかった。避妊具だって早苗が言ったからつけてもらえたようなものだ。それまでの彼はその存在さえ忘れているようだった。

彼女はリビングに下りて、脱ぎ散らかった服を着ると、鞄の中からあるものを取り出してまた彼の部屋に戻る。そして、眠る彼の枕元にそっとそれを置いた。

「これで、よし、と」

それはお守りだった。本当は直接渡せばいいのだが、また恥ずかしくて渡せなくなってもいけないし、忘れてはいけない。正直これが一番確実な方法だった。

彼女はお守りを置くと、またリビングに戻り、転がったプラスチック容器を拾い上げた。多少中身はくずれているものの、傷みやすいものなどは入れてなかったし、おそらくまだ食べられるだろう。修二に『ダメになった』と言ったのは、そのほうが彼が寝てくれると思ったからだ。

「でも、二人で食べるならもう何品か作ったほうがいいよね」

そう言いながら、数時間後に起きてくるだろう彼のために、早苗は腕まくりをした。


修二が起きてきたのは、それから二時間後のことだった。お昼と言うには少し遅いタイミングに早苗は雑誌に向けていた顔を上げる。

「……はよ」

「おはよう」

雑誌に集中していて気づかなかったが、シャワーも浴びた後のようで、彼は先ほど顔を合わせた時よりもすっきりとしていた。そんな修二に笑顔を見せると、彼は早苗のうしろに回って彼女を包み込む。

突然の行動に早苗は大きく目を見開いた。

「ど、どうしたの？」

「いや、可愛いなぁって思って」

「可愛い!?　どうしたの!?　頭でも打った？」

「打ってねぇよ」

心外だとばかりに、修二は口をへの字に曲げる。彼は早苗の首に腕を回したまま彼女の首元に顔を埋めた。

「お前は、ずっと?」

「ずっと」

「ずっと可愛いよ」

「……なんだか、修二じゃないみたい」

今までにない甘い言葉に、早苗は正面をじっと見つめる。彼が触れてる場所だけが、じりじりと熱くて、まるで焼けてしまいそうだった。

「お守り、ありがとな」

「……どういたしまして」

「あれ、いつ買ったんだ?」

「初詣の時」

「初詣って、随分前だな」

「本当は何度か渡そうとしたんだけど、恥ずかしくて……」

苦笑いをしながらそう言うと、修二は首元から顔を上げて今度は耳に唇を近づけた。

「なぁ、キスしたい」

「へ？」

「ダメか？」

ベッド以外でそんなことを初めて言われ、早苗はもじもじと指先を合わせる。

「ダメ……じゃないけど……」

そう言った直後、顔を横に向かされた。そして、身を乗り出してきた彼の顔がそこに重なる。

「ん」

短いキスだった。けれど触れるだけの優しいものではなくて、しっかりとした感触を残すような熱いキス。

「お前さ、……本当は俺のこと好きなんだろ？」

「へ？　ど、どうしてそう思うの？」

動揺が声に表れる。これでは好きだと言っているのと同じではないか。

修二はそれに言及することなく、愛おしそうに彼女の頬を撫でた。

「俺もいろいろ考えてた時期もあるんだけどな。よく考えたらお前、好きでもねぇ奴に抱かれ続けるような奴じゃないだろ？」

その言葉に全身が熱くなる。まるで血が沸騰しているかのようだ。なんと返せばいいのかわからなくて視線を落とした早苗の顔を、彼は無理矢理自分のほうへと向かせた。

「なぁ、早苗。俺のこと好きなんだろ？」

「わ、私は、修二のことが――」

言おうとした瞬間、耳をつんざくような叫び声が聞こえた。何かと思い窓から外を覗くと、三軒先の家から黒い煙が上がっている。二階の窓には取り残された男の子と母親がいた。

ここからでは火は確認できないが、あれはまさしく火事だった。

修二は上着を羽織ることなく家から飛び出す。そして、早苗を振り返った。

「お前は一一九番！」

「あ、うん！」

「危ないからこっちには来るなよ！」

「わ、わかった」

窓から顔を出すと、冬なのに風がほんのり生暖かい。何かが焼けるような嫌な臭いに、早苗は言いようもない不安を感じた。

◇

あれは、修二が高校三年生の夏のことだった。

当時の自分は、ずっとバスケに夢中だった。部活にも入っていたし、レギュラー争いで負けたこともなかった。部活での練習が終わっても、さらにそこから体育館を借りて練習することもあったし、休日は友人達と近くの公園にあるコートでストリートバスケをやったりもした。

振り返ってみれば、割と青春をかけていたと思う。大きな大会で優勝することが目的ではなくて、楽しんでやっていただけだったが、それでも相手チームには絶対に負けたくなかったし、選抜でもそれなりにいいところまで進んだ。

なのに高校最後のバスケの試合を控えたある日、修二は怪我をした。たまたま目の前を歩いていた小学生をかばって階段から落ち、腕の骨をポッキリと折ってしまったのだ。

当然、レギュラーからは外され、彼は高校時代のバスケ生活を終えることになった。

『なんか締まらねぇなぁー』

そう零したのは、たまたま早苗の家族と自分の家の庭でバーベキューをやっていた日。

別に彼女に聞かせる意図はなく、たまたま発した時に彼女が側にいたという状況だった。

ワイワイと楽しそうにしている両親達からこちらに視線を移してきた早苗は首をひねる。

『何が？　部活のこと？』

彼女の問いに『まぁな』とだけ返して、後は口をつぐんだ。慰められたいわけではなかったからだ。部活でも仲間に気を遣わせないように気丈に振る舞っていたのに、こんなところでぼろを出すわけにはいかなかった。

そんな気持ちを知ってか知らずか、彼女は正面を向いたまま一つ頷いた。

『確かに、高校最後の試合がこんな形になったら締まらないよねー』

『……』

『でも、それはそれとしてさ。子供を助けるために怪我をした修二は、最高にかっこいいと思うよ？』

そう言って彼女は笑う。リビングから漏れ出た光が早苗の頬を滑り、輪郭を浮き上がらせる。それがどうしようもなく輝いて見えて、修二は目を細めた。

『そうかよ』

『うん。修二はいつだって私のヒーローだよ』

振り返ってみれば、別になんてことない言葉だった。

だけど、そう言って笑う彼女が、強くて、優しくて、可愛くて。

あの日初めて彼女のことを衝動的に抱きしめてしまいそうになった。

目の前で微笑む彼女の映像がぼやける。

気がつくと真っ白くて、だだっ広い部屋に彼は立っていた。そこで先ほどまでのことを夢だと自覚する。

「ここは……」

そう呟いた時、白い部屋の隅で誰かがうずくまっていることに気がついた。耳をすませば、小さな泣き声のようなものも聞こえる。

(早苗?)

小さくなっていたのは、出会ったばかりの幼稚園児の早苗だった。

大きな目に涙をいっぱいに溜めて、彼女は膝に顔を埋めるようにして泣いていた。どうして泣いてるのかわからなかったけれど、彼女が泣いているのに放っておくことはできなくて、足は自然と前に出ていた。

「早く行ってやらないと……」

そう言葉にした瞬間、世界が暗転した。

「大丈夫ですか?」

背中にかかった心配そうな声に、早苗は振り返った。そちらを見ると、修二の同僚が申し訳なさそうな顔でこちらを見ている。頬についた煤に、彼が現場処理の後すぐさまこちらに駆けつけてくれたのだと知って、それがちょっと嬉しかった。

　早苗は彼に気を遣わせないよう、頬をめいっぱい引き上げる。

「大丈夫ですよ。大したことしてませんから！」

「でも、昨晩から寝てないんじゃないですか？」

「徹夜ぐらいなれてますし。というかそもそも、いつまでたっても起きない修二が悪いんです！　そんな申し訳なさそうな顔しないでください」

　そう、そこは病院だった。修二はあの火事の後からずっと目を覚ましていなかった。

　現場に真っ先に駆けつけた彼は水をかぶっただけの状態で母子を助けるために燃える家の中に飛び込んだらしい。そのおかげで母子は助かったのだが、彼は崩れてきた柱に頭をぶつけ意識を失ってしまったそうなのだ。

　それが昨晩の話。彼はもうかれこれ丸一日、目を覚ましていなかった。

　早苗はベッドの脇の丸椅子に座ったまま、寝ている修二に視線を落とす。

「脳にも身体にも異常はないそうなんです。お医者さんも心配しなくても直ぐに目覚めるだろうって。多分、最近忙しかったから、そのぶんの睡眠を今取ってるんだと思います。修二ってば、昔から朝とか睡眠不足とかに弱いんですよ」

　そう言って笑うと、彼は「そう、ですか」と視線をさまよわせた。どう言って良いのか、悩んでいるのだろう。そんな彼を安心させるように早苗は優しい声を出す。

「なので心配いりませんよ。それよりも、早く帰って休んでください。何かあればお知らせしますから」

「はい、では……」

何か言いたそうな様子の彼だったが、言っても無駄だと思ったのだろう。彼は頭を下げたあと早苗に背を向け、病室を後にした。後には静かな空間と、機械音だけが残る。

「修二ってば、みんなに愛されてるんだね」

昨晩彼がここに運び込まれた時から、こういう人達がひっきりなしにお見舞いに来ていた。海外にいる彼の両親も、もうすぐ戻ってくるらしい。

「みんな待ってるよ。早く起きないと、もっとみんな心配しちゃうよ」

そう言いながら、彼の前髪を梳く。その刺激で目を覚ますかとも思ったのだが、彼の瞼は固く閉じられたまま、一向に起きる気配はない。顔色はどこかいつもよりも青白くて、それが余計に早苗の不安をかき立てた。

「大丈夫だよね。修二、ちゃんと起きるよね？」

病院の先生は『大丈夫』と言ってくれた。心電図も一定のリズムを刻んでいるし、彼の呼吸音だって、彼が生きていることを教えてくれる。

（だけど……）

無性に怖かった。彼がこのまま目覚めないのではないかという恐怖が、胸の中で大きく膨らむ。

「修二」

名前を呼んでも反応はしない。手を握っても、額を撫でても、心臓の鼓動を確かめても、彼は一向に動かない。昨日までなら、手は握り返してくれたし、額を撫でたら微笑んでくれたし、胸元に手を当てたら「何してるんだよ」とくすぐったそうに頬に手を当ててくれただろう。

「このままじゃ、ないよね」

その声が濡れていることで、自分が泣いていることに気がついた。頬をいくつもの水の粒がぽろぽろと転がり落ちて、服にシミを作っていく。

「私、何も言ってないのに、いなくならないよね？」

いつだって、後回しだった。

彼に想いを告げたいと、恋人同士になりたいと願いながら、いつだって幼馴染という関係に甘えて、何も伝えていなかった。枕を交わすようになってからも、この温かい時間がいつまでも続くと信じていたし、想いなんていつか告げれば良いと鷹揚に構えてしまっていた。

だって、思いもしなかったのだ。こんな風に彼との時間が唐突に終わってしまうかもしれないだなんて。彼が自分の前からいなくなってしまうかもしれないだなんて。

「修二」

「……」

「修二、好きだよ」

今更言ったところで、彼には届かない。

「大好きだよ」

彼の手を額に当てる。両手で彼の手を包んでいるその様は、まさに祈っているかのようだった。

「ずっと昔から大好きだったよ」

やっと素直になれた唇で彼に触れる。頬を伝う涙が彼の頬にぱらぱらと落ちた。

鼻の奥がツンとする。もう声をあげて泣いてしまいそうだ。ずっと我慢していたのに、
もう無理かもしれない。

爪の痕が付きそうなほど彼の手をぎゅっと握る。嗚咽が喉の奥から小さく漏れた。

「……なに泣いてんだよ」

聞き慣れた声がして、顔を上げる。

そこには疲れ切ったような表情で微笑む修二の姿があった。

彼は、親指で早苗の涙を拭う。

「おはよ」

「……おはよう」

そう言って早苗は、今できうる限りの精一杯の顔で微笑んだ。

エピローグ

それから一週間後――

「無理するなよ」

「む、無理じゃないから！」

無事に退院した修二と早苗の二人は、彼の家にいた。

はだけたシャツを着ているだけの早苗は、修二のベッドの上で彼に覆(おお)い被さっている。

早苗の下には大きく猛(たけ)った修二の雄があり、彼女はその先端を自(みずか)らの意思で秘所にあてがった。

「ん」

ゆっくりと腰を下ろすようにして彼の杭(くい)を埋(うず)める。しかし半分まで入ったところで、早苗は動きを止めてしまった。彼女の大きな瞳には、涙が溜まっている。

「む、無理かも。も、いっぱいいいっぱいで……」

「だから言っただろうが」

熱い息を吐きながらも、彼はそう呆れたように言った。早苗は一生懸命身体を上下に動かしながら、彼のモノを全部収めようとする。しかし、潤んだ秘所から蜜が溢れるだけで、なかなか先には進めなかった。

「こんなの、もう入らない……!!」

「大丈夫だ。ちゃんといつも全部入ってるから」

「大きすぎる——んんっ!」

「それは褒め言葉として受け取っていいのか?」

たまに甘い嬌声を上げながら、早苗は腰をゆらゆらと揺らした。そのもどかしい刺激に、修二も奥歯を噛む。

「もういい。俺がする」

「で、でも、その脚じゃいつものようにするのは辛いでしょ?」

「あんまり負担かけなかったら平気だ」

修二の足首にはテーピングが巻いてあった。実は、例の火事で子供を救出する際、ひねってしまったようなのだ。数日前まではそれなりに腫れていたが、今ではだいぶ落ち着いている。しかしながら、通常の勤務はできないということで、仕事のほうは一週間ほど休みをもらっていた。

早苗はその修二の右脚をかばって、上に跨がっていたのだ。

「お前が心配してくれてるのはわかるし、ありがたいが。正直、こんな状態でおあずけくらってるほうが辛いんだが……」

「わ、わかった！　なら、頑張るからもうちょっと待ってて！」

早苗はぎゅっと唇を真一文字に結び、自分の身体をゆっくりと下ろしていく。

「あぁっ、ん……」

感じているのか、彼女は喉を晒しながら鼻にかかるような声をあげた。

「ん、やぁ……」

「おい」

「や、も……ぅんんっ」

「早苗」

「あ、おおきぃん――」

「いいかげんにしろっ！」

「ひぅ――!!」

その瞬間、腰を掴まれ下から突き上げられた。ずぶっ、と根元まできっちりと咥えさせられ、早苗は息をつめる。軽く達しているのか身体はビクビクと痙攣した。

「あ、あぁ、も、なにす……」

「エロい声出しやがって、生殺しすぎんだよ」

「だってぇっんんん――」

「そもそも、一人で処理するから大丈夫だって言っただろ？」

腰を動かしながら、修二はそう言う。早苗はいつもより深く繋がった中心に感じているのか、修二の上に身体を預けてしまった。彼が突き上げるたびに彼女の声ははねる。

「やぁっ！　でも、わたしも、した、かった、からぁっ」

「最近は随分と素直なんだな」

「だって、も、あんな、きもちに、なり、たくない、しっ！」

「心配かけたな。悪い」

「んんん――」

彼は腰を一切止めることなく、普通に会話をする。上に乗っかられているからか、いつもの彼に比べれば、随分と余裕だった。

「もう無理だ。これじゃたりねぇ」

修二は焦れたように言って、早苗から自分の根を抜いた。そして、彼女をうつぶせにし、臀部を持ち上げる。

「や、やだっ！」

「早苗、この体勢弱いよな？」

「ぁあぁぁっ――!!」

そのまま一気に、修二は早苗を貫いた。そして、まるで獣のようにガンガンと腰を振り始める。彼の先端が子宮を押し上げて、弱いところをこれでもかと擦り上げる。

「ぁんんあっやだやっぁぁ!!」

「はっ、やっぱり、こうじゃないとな」

早苗の指がシーツを掴む。その手の甲に修二は己の手を合わせ、耳元に口を近づけた。

「なぁ、早苗」

「なにっんんん」

「愛してる」

その言葉に、心臓と下腹部がきゅんとなる。振り返ると、彼が甘く微笑んでいた。

「わたしも、愛してる」

「ん」

唇が重なる。それと同時に彼は抽挿を速め、最奥を何度も突き上げた。

「やっ、んぁんっ、あぁぁっ、あっぁあぁ――!!」

心臓がこれでもかと鼓動を速め、目の前がチカチカした。快楽に押し上げられた身体はもう自分ではどうにもコントロールできない。ただ、彼から与えられる刺激に身をよじりながら、あられもない声を出すことが、早苗にできる唯一のことだった。

最後なのだろう、彼のモノが一段と大きくなる。

「いく、ぞ——っ」

「やっぁんんん——!!」

彼の身体がびくびくと痙攣（けいれん）する。それと同時に、じんわりと身体の中に広がる熱。

その熱を感じながら、早苗もまた彼のモノをこれでもかと締め上げた。

【パイロット・三海(みかい)暁人の場合】

プロローグ

私――湊川(みなとがわ)雨音は、その日王子様に出会った。

荒い呼吸に、頬を伝う冷や汗。回る視界に、手足のしびれ。

仕事のために久しぶりに乗った飛行機で、私は急激なパニック症状に襲われた。

飛行機に乗るのは乱気流に巻き込まれた中学校の修学旅行以来で、それからは怖くて乗れておらず、その日が約十年ぶりの搭乗だった。

意味のわからない猛烈な恐怖に、心臓がありえないほど速く鳴る。気管の奥に何かが詰まったように呼吸ができなくなり、寒くもないのに身体が震えた。

隣に座る同僚は、私の変化に気づいていないようで、イヤホンで音楽を聴きながら眠りこけていた。助けてもらおうと何度か袖(そで)を引いてみたのだが、思った以上に深い眠りりついているらしく、一向に起きてくれない。

あまり大事にしたくもない私は、誰にも助けを求められないまま、身体をくの字に折り曲げた。

（お願いだから、早く着いて……）

そう、心の中で願った時だった。

「大丈夫？」

たまたまうしろに座っていた男性が、声をかけてくれた。私は冷や汗が浮いた顔を持ちあげる。

そこにいたのは亜麻色のさらさらとした髪の毛が特徴の男性だった。顔は中性的で、どこかのアイドルグループにいそうなほど整っている。よく見ると、コートの下にはパイロットの制服のようなものが見て取れた。もしかしたら、ここの職員なのかもしれない。

彼は席を立ち、私の席の隣に膝をつく。そして、私の髪の毛を掻き分けて顔色を確かめると、顔をしかめ、今度は手首を取った。

「ごめんね。ちょっと触るよ」

彼は手首に自分の指先を当て、時計をちらりと見る。きっと脈を測っているのだろう。

あまりにも手慣れた手つきに呆然としていると、彼は短く「持病？」と聞いてきた。

私はそれに首を振って、聞こえるかどうかわからないほどの小さな声をだす。

「なんだか急に怖くなってしまって……」

「そっか。薬は持ってる？」

　私はまた首を振った。

「こんな風になったのは、初めてで……」

「わかった。それじゃ、ゆっくり呼吸してみようか」

「えっと……」

「俺に合わせて」

　彼が震える私の手を握る。その力強さに意識が向いて、少し気が紛れた。そして彼と一緒に深い呼吸を繰り返す。すると不思議なもので、心はだんだんと落ち着いていき、あんなに身体中を蝕んでいた恐怖も気がつけばなくなっていた。この間わずか十五分程度だ。

　落ち着きを取り戻した私を見て、彼は頬を引き上げる。そして、懐からハンカチを取り出し、私の額を拭ってくれた。

「よかった、落ち着いたみたいだね」

「はい」

「飛行機を降りたら、一度病院に行ってみるといいよ。こんな風にならないための薬をくれるかもしれないからね」

「あの、貴方は――」

『まもなく当機は着陸態勢に入ります。機内のお客様は……』

名前を聞こうと上げた声は、放送によって遮られた。

彼はその放送をスピーカーを見上げながら聞いて、私に向かって柔らかく微笑む。

「それじゃ、最後までいいフライトを」

彼はそれだけ言って席へ戻っていく。その見返りも求めない颯爽としたうしろ姿は、まるで物語の中の王子様のようだった。

(かっこいい……)

胸の中が温かいもので満たされていく感覚。先ほどとは違う意味で鳴り出した心臓を押さえながら、私は飛行機が着陸するまでの間、ずっと彼の余韻に浸ってしまっていた。

そして――

「あ、ハンカチ……」

彼のハンカチを持って帰ってしまったと気がついたのは、飛行機を降りてしばらく経ってからだった。先ほどのことを振り返ってみれば、お礼もろくに言っていない。

それから私は、空港内をくまなく探した。しかし、国際線も行き交うような広い空港内で彼の姿を見つけられるわけもない。パイロットの制服を着ていたのを思い出し、側を歩く空港職員に彼のことを聞いてみようと思ったりもしたのだが、顔だけしかわからない状態でどう聞いて良いのかもわからず、結局ハンカチは持ち帰ることとなってしまった。

それから二年間、私は名前も知らない彼にお礼を言うチャンスをずっと探している。

第一章　飛行機に乗った王子様

「来年こそ王子様と再会できますように！」

クリスマスを約一週間後に控えたとある日、雨音はホテルのロビーにそそり立つ大きなクリスマスツリーに手を合わせていた。そんな彼女の隣で呆(あき)れたような表情を浮かべているのは、同僚で友人の篠崎良美(しのざきよしみ)である。少し気が強いのが玉に瑕(きず)だが、明るくて、美人で、スタイルもいい。雨音とは何もかも真逆な、素敵な女性だ。

一方の雨音は、どちらかと言えば野暮(やぼ)ったく、容姿も性格も特筆するべき所は何もない。自他ともに認める普通の地味女だ。上中下で言うのならば、きっと中の下辺りだろうと自認している。

「いや『王子様と再会できますように』って、神社じゃないんだから……」

「でも、クリスマスツリーだから、願い事叶えてくれるかもしれないし」

「サンタはプレゼントをくれるだけで、別に願い事は叶えてくれないのよ？」

「それなら彼をここに連れてきて欲しい！　どうすればいいかな。紙に書く？」

「神社っていうより、七夕気分なのね……」

やれやれといった感じで良美は首を振る。

その日二人は、会社の同僚の結婚式に来ていた。結婚した同僚は同じ部署に長年在籍しており、二人ともそれなりに仲良くしていた子である。今は披露宴も終わり、二次会に行くため、幹事をロビーで待っているところだった。周りの人達はお酒も入っているためか、雨音の奇っ怪な行動にもあまり気がついていないようで、彼女の行動を咎めているのは良美しかいなかった。

「その『王子様』って、例の二年前に飛行機で雨音を助けてくれた人のことでしょう？」

「うん」

「あのね、こう言っちゃなんだけど。もう諦めたほうがいいんじゃない？」

まるで、妹か弟を諭すような声で良美は言う。雨音は目を瞬かせた。

「なんで？」

「二年間探し回っても見つからない相手なんでしょ？　それならもう今後も会えないわよ！」

投げやりな良美の態度に、雨音は不満げに唇をすぼませた。

「別に探し回ってるってわけじゃ……」

「探し回ってるわよ！　街に出た時はすれ違う人をくまなくチェックしてるし、空港の近くに行ったら必ず寄らないと気が済まないし、去年の初詣でもさっきみたいに祈ってたしさー」

「……それは……」

それを言われてしまうと確かにそうだが、別に『探し回っている』というほど探しているわけではない。ただ、日常的に彼の姿を探してしまっているだけの話で、意図してやっていることは空港のチェックぐらいである。

「それに、そのままだと嫁きおくれちゃうわよ？　雨音だって、いつまでも招待される側じゃ嫌でしょ？」

結婚式に、ということだろう。その意味に気づいた瞬間、雨音は頬をほんのりと桃色に染めた。

「別に私、王子様とそういう関係になりたいってわけじゃないもの。ただ一言、あの時助けてくれたお礼を言いたいだけで……」

「でも好きなんでしょ？」

「それは……」

好きじゃないと言ったら嘘になる。彼に出会って初めて、この世に一目惚れがあるということを実感した。できることなら告白したいし、絶対に無理だろうがお付き合いもしたい。しかしそれは、目的としては二の次だ。まずはハンカチを返して、あの時のお礼を言わなければならない。

「雨音って普段は野暮(やぼ)ったいし、性格もちょっと……というか、かなり変だけど！」

「いつもそう言うけど、私そんなに性格変かな？」

「まともな人は一目惚れした人に『王子様』ってあだ名つけないし、クリスマスツリーに手を合わせたりなんかしないし、そもそも二年前に一度だけ会った人にそこまで執着したりしない！」

つらつらとそう並べられ、黙るほかなくなる。そんな彼女を尻目に良美は続けた。

「着飾ればそこそこ可愛いんだし！　そんな幻みたいな男を追いかけてないで、ちゃんとした出会いを求めたら？　……ほら、あそこの人なんてどう？　新郎の友人なんだって。なかなかかっこよくない？」

良美は招待客の男性がたむろしている階段下を指差す。全員スーツなためか、誰が誰だか見分けがつかない。そもそも雨音は良美とは違って、そこまで男性に興味がある人間でもないのだ。

「そう？」

「かっこいいよ！　声かけてこようかな！」

タイプだったのだろう、良美はそわそわと落ち着かない。その隣で雨音は深いため息をついた。

（もう、会えないのかな……）

良美の言うとおりではないが、正直、雨音も諦めかけていた。二年前に一度だけ会った、名前も、どこに住んでいるかも、何もかもわからない男性を探すだなんて、普通に考えて無謀すぎる。それこそ、砂漠の中で一粒のダイヤモンドを見つけるのと同じようなことだ。

それでも諦めきれないと、この二年間、すれ違う人一人一人に目を凝らしてきたが、正直ここら辺りが潮時だとも感じていた。

（でも、お礼だけでも言えたらいいのに……）

あれから雨音は彼の言う通りに病院に行き、パニック症も随分と落ち着いてきた。当時は飛行機だけでなく、電車やバスなどといった閉塞感のある乗り物もあまり得意ではなかったのだが、今ではそれもあまりない。これも全部、あの時助けてくれた彼のおかげだった。

だからせめてお礼だけは言いたい。当時貸してもらったハンカチは、いつ彼と再会してもいいようにずっと持ち歩いていた。

雨音はふたたび大きくため息をつく。

「はぁ。……あれ？」

その時だ、視界の隅に見覚えのある亜麻色の髪が通り過ぎた。彼女は思わずその方向に顔を向ける。見覚えのある爽やかな背中が、角を曲がって視界から消えた。

（あれって、もしかして……）

雨音はふらふらと彼が消えた方向に歩き出した。その背中に良美が声をかける。

「あれ？　雨音？」

「ちょっと行ってくる」

「え？　行ってくるって、どこに⁉」

良美の声に振り返ることなく、雨音は男性が消えた方向へとすすんだ。最初はふらふらと歩く程度だった足取りが、だんだんと早歩きになり、最後には走るような形になっていく。

（もしかして、もしかして、もしかして！）

『王子様』かもしれない――

先ほど彼が消えた角を曲がる。するとちょうど彼も、その奥の角を曲がった。雨音も続けてその角を曲がる。そして、やっと追いついた彼の背中に、今までに出したことがないような大声をかけた。

「あのっ！」

「え？」

振り返った彼は、やはりあの時の『王子様』だった。友人だろうか、彼の前を歩いていた二人も同時に振り返る。類は友を呼ぶのか『王子様』の友人である二人も、随分と整った顔つきをしていた。一人はクールな正統派のイケメン男性という感じだし、もう一人は体躯も大きくて、野性的な魅力がある男性だった。しかし、やはりかっこよさでは『王子様』が頭一つ抜けていた。

「あの！」

「俺になにか用？」

『王子様』は首を傾げる。雨音は思い切って一歩踏み出した。

「あの、実はお話が――」

しかしそう声を上げた瞬間、バチン、と何かが弾けるような大きな音がした。直後、ホテルの照明が一気に消えて、暗闇の世界になる。

「ひぃっ！」

小さく悲鳴を漏らした彼女のうしろで、なんだ、どうかしたのか、と人々がざわめく。きっと先ほど結婚式に来ていた人達だろう。雨音はその場で小さくうずくまった。

（や、やばいかも……）

だんだんと動悸が激しくなる。冷や汗が浮き出て、背筋を伝った。手足が震え、頭は何も考えられなくなっていく。

二年前の飛行機でのことがあった後、訪ねた病院で医師は雨音に『軽度の閉所恐怖症』という診断を下した。その原因は中学生の頃に体験した、飛行中の乱気流。その時の恐怖をなぜか身体が覚えてしまい、逃げ場のない閉塞的な空間に行くと身体が反応してしまう、とのことだった。

もちろん、この廊下は締め切られてはいないが、狭く、開放的とは言い難い。それに加えていきなり暗闇になってしまい、脳が勝手に閉所だと思い込んでしまったようだった。

(どうしよう)

自分では止められないほど身体が震える。何が危険かもよくわからないのに、恐怖が胸を満たして、恐ろしくて仕方がなくなる。こんな時のための薬は、ホテルのクロークに預けていた。だだっ広い結婚式場でこんなことになるとは思わなかったからだ。

震える雨音に誰かが寄ってくる。そして、側に座り、ゆっくりと背中を撫でてくれた。

「大丈夫。すぐに復旧すると思うから」

それは、『王子様』の声だった。雨音が顔を上げると、二年前と同じように彼が間近で微笑んでいる。

「こういう大きい施設には予備電源があったりもするし。大丈夫、すぐ明るくなるよ」

　彼の言葉を裏付けるように、それから数秒もたたないうちに電力が復旧する。明かりがつくとびっくりするぐらい症状は軽減し、心拍数もすぐに元に戻っていった。理由のない恐怖ももう感じない。

「……はぁ」

「何かのパニック症状かな？　大丈夫？」

　落ち着いたのがわかったのだろう。心配そうな顔でそう覗き込んでくる彼に、雨音は胸に手を当てお礼を言おうと頭を下げた。

「あ、あの！」

「ん？」

「好きです！」

（ありがとうございます！）

　その瞬間、時間が止まった。

「へ？」

「はい？」

「ん？」

「…………あ」

うしろで事の次第を見守っていた彼の友人達も、雨音の突飛すぎる発言に素っ頓狂な声を出した。

（ほ、本音と建て前が……）

雨音はとっさに両手で自身の口を塞いだ。今度は先ほどとは別の理由で身体が震える。

本当はこんなこと言うはずじゃなかった。まず、先ほどのお礼を言って、その次に二年前のお礼を言って、余裕があれば連絡先を交換して、親しくなってから告白。最短でもそのルートのはずだった。もちろん、そのルートの途中で連絡先の交換など断られることは想像していたし、むしろその可能性のほうが高いとは思っていたが、ここで告白というのは想像さえもしていなかった。これではもうただの変人である。というか、そのために声をかけたと思われてもおかしくない流れだ。

「この状況で暁人に告白するとか、随分積極的なやつだな」

声のしたほうを見れば、野性的なワイルドイケメンが肩を揺らしている。その隣ではクールな正統派イケメンも口元を押さえていた。目元は笑っていないように見えるが、あの手の下では絶対に笑っているだろう。

雨音はゆっくりと『王子様』――もとい、暁人を見上げた。

彼は一つ困ったように笑った後、

「ごめん。俺、知らない人とは付き合えないから」

と、フルスイングで雨音をフるのだった。

その翌々日、雨音は最悪な気分で出勤していた。

それもそうだろう。二年間探し求めていた相手に意味のわからないタイミングで告白してしまったあげく、少しも考えるそぶりなくフルスイングでフラれてしまったのだから。その傷たるや相当なものだ。

（しかも結局、ハンカチも返せてないし……）

告白は正直仕方がない。おそらくダメだろうとも思っていたから、想定の範囲内だ。しかし、ハンカチを返せなかったことは相当後悔していた。これでは何のために再会したのかわからない。

（だってあの時は私も混乱してたし……）

本当ならあの告白の後すぐに返せばよかったのだろうが、フラれたショックと、馬鹿なことをしてしまった自分への自己嫌悪で、そこにまで思い至らなかった。ちゃんと鞄の中にはハンカチが入っていたにもかかわらず、そのことを少しも思い出しはしなかった。

（でも、あれって栄智学園の同窓会だよね。やっぱりこの辺の人だったんだ……）

雨音は彼らが入っていたバンケットホールを思い出す。あのホールの入り口には『栄智学園ＯＢ様』と書かれていた。時期が時期だけに、同窓会というのは間違いないだろう。

栄智学園というのは、この辺で一番大きな学校だ。雨音はここが地元ではないので栄智学園には通っていなかったが、それなりの年齢の子供を持つ会社の人は『小学校から大学まで行けるエスカレーター式のお嬢様・お坊ちゃま学校』と栄智学園を評していた。高校だけ行く人や大学だけ通う人もいるようなのだが、半分以上の生徒は小学校から通っているらしい。

（ということは、この辺に住んでるってことだよね）

雨音はキョロキョロと周りを見渡しながら歩く。

彼女の通勤は基本徒歩だ。電車やバスにあまり乗りたくないのと、朝起きるのも苦手なため、会社の近くに部屋を借りていつも歩いて出勤していた。

（ま、何年もこの辺通ってるし、この道で会うことは絶対にないか）

というよりきっと、もう今後会うこともないだろう。一昨日（おととい）の出会いだって本当に奇跡的なものだったのだ。奇跡はそう何回も起こらない。

肩を落としながら雨音はいつもの道を歩く。車が通るので端によると、ちょうど隣にあったマンションに入る人と目が合った。

「あ……」

「は？」

そこにいたのはなんと『王子様』だった。あまりの偶然に、雨音は呆けたように口を開いたまま固まってしまう。暁人も雨音のことを覚えていたようで、同じような表情のまま動けなくなっていた。

（え、なんで？　まさか、ここに住んでるの？）

灯台下暗しとはまさにこのことだ。まさか自分が通勤に使っている通りにあるマンションに住んでいるとは思わなかった。しかも、ここは雨音のマンションとも近い。徒歩二十分もかからない距離だ。

「えっと、おはようございます」

「……おはよう」

なんと言えばいいのかわからなくて挨拶（あいさつ）をすると、彼も戸惑った表情で挨拶（あいさつ）を返してくれた。そのまま彼は何事もなかったかのようにそそくさと部屋に入っていく。

雨音はぼーっと口を半開きにしたままその背中を見送るのだった。

「はぁ⁉　『王子様』の住んでるマンションを突き止めた⁉」

「や、やめてよ！　別に知ろうと思って知ったことじゃないんだから！」

暁人の住んでいるマンションが判明した翌日、雨音は会社の給湯室でそう狼狽(うろた)えたような声を出した。話を聞いていたのはもちろん良美である。

彼女には暁人とホテルで再会したことも、フラれたことも全部話していた。

良美は突然の報告に驚いたようにしながらも、興味があるのか雨音のほうに身を乗り出してくる。

「それじゃ、ハンカチ返せたの？」

「それが……」

彼女はそう言いよどみながら、今朝のことを思い出す。

雨音は今朝、いつもより早い時間に家から出て暁人のマンションの前で彼が出てくるのをじっと待っていた。目的はもちろん、暁人にハンカチを返すことである。

　不審がられてはいけないからと、最初はポストの中にハンカチをそっと入れておこうと思ったのだが、彼がどの部屋に住んでいるかはわからないし、いきなりハンカチだけ入っていてもそれはそれで奇妙だろう。なので、理由を説明するため直接手渡しすることを選んだのだが……。

『あ、あの！』
『ごめんね。何度言われても、付き合えないから』

　出てきた暁人に出会い頭（がしら）でそう言われてしまい、結局、ハンカチを返すことは叶わなかったのである。

「それ、完全にストーカー扱いされてるわね」
「だよね」

　苦笑いを浮かべる良美に、雨音はがっくりとうなだれた。
　彼の立場になってみれば、それは当然の考えだ。しかし、もうちょっと話を聞いてくれてもいいのではないかと、少しだけ思ってしまう。

「ねぇ、雨音」
「ん？」

「……もういい加減、諦めたら？」

「良美ってばそればっかりだよね」

どうしてこう彼女はそちらの方向ばかり勧めてくるのだろうか。雨音はじっと良美を睨み付けた。

そんな彼女の視線を受けて、良美は肩を竦める。

「いや、だって、相手にストーカーとして認識されてるわけでしょ？　これ以上つきまとったら、単に怖がらせちゃうだけじゃない」

「……それは」

「それに、このままだと警察だって呼ばれちゃうかもしれないわよ？」

それは確かにありえる。雨音だって、出会い頭に告白してきた知らない男性が、別の日の朝、マンションの前にいたら怖い。相当怖い。もしかしたら、警察だって呼んでしまうかもしれない。

良美は腕を組んだまま、続ける。

「雨音の事情もわかるけどね。でも、そこまで警戒されてたら、もうできることなくない？」

「そう、だよねー……」

良美の言葉に雨音は視線を落としたまま頷いた。雨音は暁人にお礼がしたいのであって、怖がらせたり、困らせたりしたいわけじゃない。しかもこのお礼だって、結局は雨音の自己満足みたいなものなのだ。きっと暁人は二年前のことなど覚えてもいないし、雨音のことなど頭の片隅にも残っていないだろう。

「それじゃあ、ハンカチどうしたらいいと思う？」

「別に高いものじゃなさそうなんでしょ？　それなら、思い出にもらっておいたら？」

「思い出に、か」

雨音は鞄の中で眠っている彼のハンカチに思いを馳せた後、何かを諦めるように小さく息を吐き出したのだった。

「つっかれたー……」

その日の夜、雨音はヘトヘトになりながら帰宅の途についていた。十二月も月末にさしかかり、年末年始のあれやこれやで仕事が立て込んでしまったのだ。しかも、雨音の借りているマンションが会社から近いことは上司にも知られており、それならば、と人よりも多い仕事を任されてしまっていたのも遅くなった原因だった。

「確かに私には終電もないし、待ってる家族もいないけどさー」

そうぼやきながら住んでいるマンションを目指す。帰る途中で暁人の住んでいるマンションが視界の端に映ったが、視線を上げることもなく彼女は足を進めた。

ここで足を止めていて、もし彼がその場面に出くわしたら、今度こそ本当に彼は雨音をストーカーとして通報してしまうかもしれない。

(通報も嫌だし、怖がらせるのは本意じゃないしね)

良美との話で、雨音は暁人にハンカチを返すことを諦めていた。暁人に再会できたのは嬉しいことだが、そのせいで彼を怖がらせたり困らせたりするつもりはない。怖がらせるぐらいなら、ここですっぱりと諦めていい思い出にしてしまったほうがいい。それが彼女の判断だった。

「よし、今日はコンビニでケーキでも買って帰ろう!」

雨音はわざと明るくそう言って拳を振り上げた。失恋というわけではないが、なんとなく寂しい気持ちが胸の中を渦巻いている。それもそうだ、二年間積み重ねた想いはそれなりに重い。

そうして雨音は、寂しくなった気持ちを紛らわせるため、そして仕事に疲れた自身にご褒美をあげるため、家の近所にあるコンビニに寄ったのだが……

「……あ」

「あ……」

ちょうどコンビニの出入り口で、彼女は暁人とばったり出くわしてしまう。

どこかに出かけていたのか彼は私服姿で、手には先ほどコンビニで買ったのだろうカップの珈琲（コーヒー）が握られていた。

二人はコンビニの自動ドアを挟んだ状態で、お互いの顔を見つめたまま固まってしまう。

（そ、そういえば、生活圏一緒だったんだ……）

雨音の頬は引きつる。すっかり失念していたが、家が近いということは利用しているお店や場所がかぶっているということだ。つまり、もちろんこうやって店の前でばったりと会ってしまう可能性もおおいにあるということである。

（これってもしかして、通報レベル？）

今ここで出会ってしまったことは本当にただの奇跡的な偶然なのだが、雨音のマンションを知らない暁人からしてみれば、彼女が暁人に会うためにこのコンビニを訪れたと思ってもおかしくない状況だ。ちなみに雨音が逆の立場だったら、確実に通報している案件である。

「君は……」

「あ、あの、えっと……」

暁人の怪訝（けげん）な声に雨音は視線を泳がせた。なんと言い訳をしたらいいのかわからない。というより、どんな言い訳をしてもダメな気がする。どう言っても嘘っぽいし、どうにも作り話のようになってしまうだろう。

雨音は何も発することなくそのまま踵を返した。こういう場合は、敵前逃亡するしか他に道はない。そう決心した彼女は、そそくさとコンビニから立ち去ろうとするのだが……

「待って」

「へ？」

そんな彼女を暁人は止めた。ぐん、と腕を引かれ雨音はひっくり返った声を出す。振り返った彼女に暁人は冷静な声を投げかけた。

「別に帰らなくてもいいんじゃない？」

「えっと」

「さすがに待ち伏せしたとか思ってないから。何か買いたいものがあるんでしょ？」

「あ、はい」

驚いた表情のまま頷くと、暁人は雨音の手を離した。そして、どこか困ったような、唇の端だけ引き上げる笑みを浮かべた。

「それじゃ。俺は帰るから」

「あ、はい。ありがとうございま――っ！」

そう言って頭を下げようとしたその時、雨音のうしろに衝撃が走った。入り口で騒いでいたがために、中に入ろうとしたおじさんがぶつかってきたのだ。おじさんはまったく悪びれる様子もなく「ちょっと失礼」と二人をかき分けてコンビニに入っていく。

「えっと」

気がつけば二人は、互いに抱き合うような形になっていた。そして……

「ごめん」

雨音の胸元には暁人が持っていたコンビニの珈琲が零れてしまっていた。残りはすべて、床に零してしまっている。モップを持った店員が慌てて寄ってきて、二人は彼女に「すみません」と同時に謝った。

（最悪だ――）

雨音は床を掃除する店員を手伝いながら顔を青くさせた。こんなところで騒いでしまったがために、暁人の珈琲を零してしまった。自分は恥ずかしいのを我慢して帰ればいいだけの話だが、彼は立派な損害がある。

やがて床に広がった珈琲を拭き終わり、店員は帰っていった。そんな彼らを見送って、雨音は暁人に深々と頭を下げた。

「すみません！　珈琲は弁償します！」

「……は？」

「ええっと。いくらでしたか？」

珈琲がべっとりとついた服で店内をうろつこうとした雨音を、暁人は止めた。

「ちょっと待って！」

「え？」

「そのままうろついたら、みんなに見られるけど？」

「でも、このままだと珈琲（コーヒー）が買えませんし」

「それはそうかもしれないけど……」

晩人は少し考えるように顔をしかめたあと、「これは仕方がないか……」と何かを諦（あきら）めるように肩の力を抜いた。

「……俺にも責任があるからね」

晩人はそう言って雨音をコンビニの外へ連れ出した。そして胸元が開いている彼女のコートを脱がし、代わりに自分が着ていたコートを着させる。そして前をきっちりと留めた。

「これで歩く時は見えないね」

「えっと、珈琲（コーヒー）は？」

「それはもういいから、……ついてきて」

晩人は雨音を先導する。雨音は何がなんだかわからないまま、彼のあとをついていくのだった。

それから数十分後――

（どうして私はこんなことになってるんだろう）

雨音は一人途方に暮れていた。見慣れない脱衣場の鏡に映るのは、男性物のパジャマを着た自分の姿。先ほどまで着ていた服は洗濯機の中で回っている。

そこは暁人のマンションの脱衣場だった。

あの後、彼は雨音をマンションに連れて家に帰り、有無を言わせずこの格好に着替えさせ、汚れたシャツを洗濯機に放り込んだのだ。

もちろん雨音は、最初拒否をしたのだが……

『着替えさせてもらうだなんて悪いです！　私このままでも帰れます！』

『……そう？　俺は別にいいけど、女の子がその格好で帰るのはちょっと危ないんじゃない？』

『え？』

『洗面所貸してあげるから、一度ちゃんとしっかり鏡で見てみたら？』

言われるがまま、雨音は自分の姿を確かめる。

するとそこに映っていたのは、下着がバッチリと透けている自分の姿だった。まるで胸元だけ雨に降られたかのように、ぺったりと白いシャツと中に着ていたタンクトップが肌に貼り付いている。珈琲(コーヒー)が黒いのではっきりとは見えないが、それでも明るいところで見れば一発で下着だとわかってしまうような鮮明さだった。

彼が止めてくれなければきっと今頃、コンビニの客にも、すれ違う人にも、しっかり、ばっちり、くっきりと、下着を見られてしまっていたことだろう。

雨音は先ほどのやりとりを思い出しながらため息をつく。

(情けないな……)

確かにあのまま帰るわけにはいかなかったが、だとしてもこの状況はどうなのだろうか。お礼を言いたかったかつての恩人に、迷惑の上塗りをしている現実がかなり胸にくる。

(やりたいこととやってることが真逆って……)

お礼をするどころか、本当に彼には助けてもらいっぱなしだ。二年前の飛行機でのことから始まり、再会していきなりパニックを起こしたのを助けてもらい、珈琲(コーヒー)を台なしにしたにもかかわらず今もこうして優しくしてもらっている。

「私が何かしたかったのにな」

そう呟いてはみるが、今の雨音が彼にできることなど何もないような気がした。

服を着替えて脱衣場から出ると、彼は雨音にソファに座るよう促(うなが)した。そして目の前に飲み物が入ったマグカップを置く。

「あんまり女の子が好む飲み物ってなくてさ。ココアでいい？」

「そ、そんな！　私のためにすみません！」

「いや、まぁ、自分のを淹れるついでだから」

そういう彼の手にもマグカップが握られている。香りからしておそらく珈琲だろう。もしかしたら雨音が床にぶちまけたコンビニのアイスコーヒーの代わりなのかもしれない。そう思うと途端に申し訳なくなってくる。

彼は雨音から離れた一人掛けのソファに座ると、持っていたマグカップに口をつけた。

「とりあえずさ、自己紹介」

「へ？」

「俺、名前も知らない相手を家に上げる趣味はないんだよね」

その冷たい暁人の声に、雨音はしばらく目を瞬かせる。つまり話を聞いてくれるということだろうか。その事実に思い至り、彼女は弾けるような笑みを浮かべると「名前は、湊川雨音です！」と就職面接顔負けの自己紹介を始めた。

三海暁人は最初、雨音のことを新手のストーカーだと思っていた。

容姿に恵まれているせいか、昔からそういう女性につきまとわれることはままあって、学生時代から、物を盗まれたり、部屋に勝手に侵入されたり、人間関係を壊されたりなど、その他多くの迷惑を彼は女性から被ってきた。社会人になってからもそれは変わらず、むしろパイロットという職業が人を惹きつけるのかひどくなる一方で、家に髪の毛入りのバレンタインチョコレートが届いた時は本気で女性嫌いに陥っていたほどだった。

だから、いきなりマンション下に現れた雨音のことも暁人は警戒をしていた。もしかしてホテルで一目惚れをして、家までつけられたのではないかと本気で心配をしていた。

しかし、話してみた雨音は想像していた女性とは随分と違っていて……

「趣味はサボテンを育てることで、今一番可愛いのはウチワサボテンのウッチーくんです！　結構な新入りなんですけど、これがまたちょっと繊細で！　やっぱり手のかかる子のほうが可愛いと言いますか……。あぁ、もちろん！　今までの子も大好きですよ？　金晃丸のコウちゃんなんて……」

「……」

彼女の自己紹介を聞きながら暁人が最初に思ったのは『なんだ、この変な子』だった。好きな相手にぞんざいな態度で『自己紹介しろ』なんて言われて、どうしてここまで意気揚々と話せるのだろうか。しかも、自分が育てているサボテンのことをこんなに楽しそうに。普通ならば萎縮して話せないか、逆にこの機会にお近づきになろうと自己紹介そっちのけで迫ってくるはずだ。少なくとも、暁人の周りにいた女性は、幼馴染の早苗を除けばそんな女性ばかりである。

なのに、彼女にはそういう裏のようなものが一切見て取れない。なんというか、彼女は全力で表な人間だった。

暁人は複雑な表情で眉間の皺を揉む。

「で、結局なにしてる人なの？」

「会社員です！」

「昨日とか、今朝とか、マンションの下にいたのは？」

「この下が会社の通勤に使う道で、たまたま！」

「たまたま、ね」

そう明るく笑う彼女は、嘘をついているようには見えない。それならば、本当にたまたま、偶然が重なっただけなのだろうか。暁人は質問を変えてみることにした。

「俺のことはどこで知ったの？」

「え？」

「ホテルで会ったのが最初？　それとも前から知ってた感じ？」

「あ、そうでした！」

何か思い出したかのように彼女は顔を跳ね上げ、そばに置いていた鞄を引き寄せた。

そして、その中からジッパー付きの袋に入った何かを取り出して、暁人に差し出してくる。

「これ！　返そうと思ったんです！」

「返す？」

「ハンカチです！」

「ハンカチ？」

それは確かに見たことがあるハンカチだった。名前を書いているわけではないのではっきりと自分のものとは言い切れないが、おそらく間違いはないだろう。

雨音は急に姿勢を正す。そして、どこかの童話で、人に化けた鶴が恩人に言ったような台詞を吐き出した。

「実は二年前、私は貴方に助けられたんです！」

そうして彼女は暁人の覚えていない二年前の話を語り出した。

「えっとつまり、ホテルで会ったのも、マンション下で会ったのも、ついでにコンビニで会ったのも偶然で、君はハンカチを返して俺にお礼を言いたかっただけってこと？」

「そうです！　あの、覚えてましたか？」

期待をしているような彼女の言葉に、暁人は「悪いけど」と首を振った。

飛行機に乗ることは職業柄よくあることだし、そんな中で気分が悪くなる人と遭遇することもめずらしくない。いちいち覚えていられないというのが、正直なところだった。

「ごめん。期待した？」

「いいえ！　まったく！」

暁人は雨音のその返答に目を見張る。てっきり傷つけてしまったのだとばかり思っていたのに、彼女の返答はむしろ清々しい。顔も終始笑顔だ。

「むしろ納得したって感じでした！　アキトさん、空港関係者ですよね？」

「なんで知ってるの？」

「二年前、制服着てらっしゃいましたし、妙に対応慣れてましたし！　多分、ああいう状況になることもよくあるんですよね？」

「……まぁ」

「そりゃ、一人一人のことなんて覚えてられないですよ」

からりと笑う彼女に、ちょっとだけ意地悪したくなる。

　暁人は唇の端を引き上げると、彼女に向かって身を乗り出した。

「もしかして、俺のことパイロットだって思ってた？」

「へ？」

「それなら残念。俺、そういうんじゃないんだ。あの制服は、憧れて着てただけ。俺、国家試験落ちちゃった人間でさ。今はパイロットに憧れるだけの、ただの一般人だよ」

　自分でもなんでそんなことを言ったのかよくわからなかった。まだ彼女のことを疑っていたというのはあったけれど、悪い人間ではないかもしれないと思いかけていたのに。どうして試すようなことを言ってしまったのか。

「もしかして、コスプレをされてたんですか？」

「まぁ、……そんな感じ？」

　雨音は大きく目を見開く。きっと、暁人の正体が予想と違って驚いているのだろう。パイロットだと思って二年間探していたのに、蓋を開けたら『憧れているだけの人間』が出てきたのだ。そりゃ驚きもするし、落胆もする。

（でも、そうか……）

　彼女もそういう女性なのか。

　そう思ったら、なぜかこちらも落胆した。そして落胆した事実に、雨音にかけていた期待を知る。

雨音はしばらく目を瞬(しばた)かせたあと、弾(はじ)けるような笑みを浮かべた。そして、パチンと胸の前で手を打った。

「そうなんですね！　わかります！　空港職員さんの制服かっこいいですよね！　私もいつかキャビンアテンダントさんの格好してみたくて！」

「……」

キラキラとした笑顔のまま、彼女は興奮したように続ける。

「ああいう制服って、どこで手に入るんですかね？　アキトさん、知ってますか？　もし知ってたら、教えて欲しいんですが！」

「ごめん、さっきの嘘。本当はパイロットです」

「あ、……そうなんですね」

先ほどまでの勢いが削(そ)がれ、彼女はいつの間にか前にせり出していた身体を元の位置に戻した。そしてはにかみながら「お恥(は)ずかしいところをお見せしました」と頬を掻(か)く。その表情になぜかひどく安堵(あんど)して、彼女が本当に何の裏もなく自分を探していたのだと実感した。多分彼女は、暁人が今まで出会ってきたそういう種類の女性じゃない。

（なんていうか、未知との遭遇だな……）

彼女がちょっとした宇宙人に見えてくる。

長いまつ毛に縁どられた大きな瞳は可愛らしく何度も瞬きを繰り返していた。ああ見えて、意外に緊張してるのかもしれない。そう思ったら、笑みが零れた。

晩人は身体の緊張を解くと、深くソファに腰掛ける。

「ところでさ。どうして俺の名前知ってるの？　教えてないよね？」

先ほどよりも幾分か優しくなった声が出て、暁人は内心驚いた。雨音はその問いに笑顔で頷く。

「あ、はい！　ホテルでお会いした時にいたワイルドさんが、アキトさんのことをそう呼んでいたので、それで知りました！」

「ワイルドさん？」

「あ、すみません！　皆さんのお名前知らなかったので、勝手にあだ名をつけてまして。『ワイルドさん』はあの、身長が高くて、身体が大きい、ゴッゴッとした感じの……」

「あぁ、修二か。確かに修二が何か言ってたね」

「あのワイルドさんは、『シュウジさん』って名前なんですね！」

彼女の反応にふたたび笑みが漏れる。なんだ、そのあだ名。

「ちなみに國臣は？　もう一人の友人のほうにも、何かあだ名つけてるの？」

「あ、もう一人の方ですか？　もう一人の方は『クールさん』です！」

「國臣が『クールさん』ね。アイツ、見た目ほどクールって訳じゃないんだけど」

「そうなんですね。そして、クールさんは『クニオミさん』っと」

ふむふむと頷く彼女がなんだか可愛らしく思えてきた。なんでこの子は、いちいちリアクションが大きいのだろうか。

「ちなみに俺は？」

「え？」

「あだ名。二年間も探してくれてたんでしょ？　そういうのつけてなかったの？」

「アキトさんは、アキトさんって名前を知っていたので。でも、その前だったら……」

恥ずかしいのか、雨音はもじもじと指先を合わせる。

「なんて呼んでたの？」

「お、『王子様』」

「――ふっ」

これには暁人も思わずふきだした。

王子様は、さすがにない。なんでそんな発想になるのだろうか。たとえ飛行機の中で出会った暁人が王子様に見えたとして、普通はそのままあだ名にしたりしない。

笑う暁人に、雨音はますます恥ずかしそうに俯いた。

「す、すみません」

「なんか、君って変な子だね」

「……よく言われます」

「でしょ？」

晩人がそう言うと、雨音もつられたようにして微笑む。なんというか、居心地がいい子だった。

裏表もないから今出ている感情がすべてで、それ故にこちらも疲れないし、変な勘ぐりもしなくていい。普通こういう素直さは子供から大人になる過程で捨ててしまうはずなのに、彼女はそれをまだ持っているようだった。

雨音は手に持っていたハンカチをふたたび晩人に差し出した。

「それでは、これはお返しします！」

「あぁ、うん」

「二年前は、本当にありがとうございました！」

肩の荷が下りたようにそう言う雨音に、妙な寂しさを感じた。まるで『これで会うのが最後』と言われているような気がしてくる。

（でもまぁ、そういうものか）

彼女は今日の今日まで、ハンカチを返してお礼を言うためだけに晩人を探していたのだ。つまりこの瞬間目的は達成され、彼女が晩人を追いかける意味もなくなってしまったということだ。そして晩人もまた、雨音と会い続ける理由がない。

晩人はハンカチを受け取る。そして、袋の中にはいっているそれを見て首を傾げた。

「これ、袋開いてない？」

「え？」

「しかも、珈琲……」

「ええ!?」

雨音は慌てた様子で、暁人の手にあるジッパー付きの袋を覗き込む。そして途端に青い顔になった。そのハンカチが珈琲で濡れていたからだ。

「長い間入れてたから、袋のジッパー部分が緩んでたんだろうね。でも、こっちに入ってるってことは、鞄の中は大丈夫？」

「か、鞄は大丈夫です。たぶん。……そんなことよりハンカチが……」

雨音はこれでもかと狼狽えていた。声も震えてしまっている。

(別に気にしなくていいのに……)

暁人はおろおろとする雨音を見ながら、そう息を吐いた。

確かに、クリーム色のハンカチは、珈琲で黒くシミになってしまっているが、そんなに狼狽えることではない。洗濯機の中に放っておけばきっと綺麗になるだろうし、もしシミが落ちなければ、捨てたって構わない。今まで存在を忘れるくらいだったのだ。そんなに高い物でもないし、惜しくはない。

そう思っているのに、暁人の口からは自然と思わぬ言葉が飛び出した。

雨音はそれを受け取りながら「はい！　もちろんです！」と元気よく頷くのであった。

自然とそんなことを言ってしまった自分に暁人は驚きつつも、ハンカチを返す。

「もう一度洗って再提出。できる？」

「え？」

つまり、『ハンカチを持って、もう一度会いに来い』ということだ。

「それじゃ、再提出だね」

第三章　湊川雨音の恩返し

暁人にハンカチを返し損ねた翌日の昼休憩。

「それってさ、『もう一度会いに来い』ってことじゃなくて、『ポストに洗濯済みのハンカチを入れておけ』ってことじゃない？」

「え？」

暁人にもう一度会えると舞い上がっていた雨音は、良美にそう出鼻をくじかれた。箸でつまんでいた卵焼きが、彼女のショックを表すようにコロリとお弁当箱に戻っていく。勢いを削いだ張本人はコンビニで買ったサンドイッチをつまみながら、けろっとした顔で人差し指を立てた。

「普通に考えたらそうじゃない？　だってもうお家にもお邪魔して、部屋番号までわかってるわけでしょ？」

「……うん」

「だったらわざわざ会いに行かなくても、ハンカチ返せるじゃない。……と言うか、そのアキトさんもそういう意味で言ったんじゃないの？」

「そ、そうなの……!?」

あまりの衝撃に雷が落ちる。てっきり、もう一度返しに行っていいのだと思っていた雨音は口をあんぐりと開けたまま、わなわなと手を震わせた。

思った以上にショックを受けている友人に、良美もさすがに直球で言い過ぎたと思ったのか、人差し指で顎(あご)を掻(か)きながら小首を傾げる。

「んー。二人がどういう雰囲気で話してたかわかんないから、確かなことは言えないけどね。でも昨日って、自己紹介をしろって言われたから自己紹介をして、それでハンカチを返そうと思ったらコーヒーで濡れてて、そのハンカチをまた洗って返せって言われたんでしょ？」

「そう、だね」

昨晩のことは、雨音の中ではすごく楽しい思い出として残っているが、確かに振り返ってみれば大したことはしていないのだ。ただ自己紹介をしてハンカチを返そうとしただけ。それ以上でもそれ以下でもない。

「それなら、そういうことじゃない？」

「そっか……」

良美の言葉に、昨晩から浮上していた気分が一気に落ちて、海溝へと沈む。

雨音は先ほど落とした卵焼きを箸で小さく切ると、ため息が漏れる口に運んだ。

（私ったらてっきり、もう一度会いに行っていいものだと思ってた……）

そうだと思っていたからこそ、昨晩のうちに洗濯機を回してハンカチを洗い、干して、急いでアイロンまでかけてきた。これで会うのが最後かもしれないからと、話す話題も何個か考えて、自分の連絡先を書いた紙まで用意してきたのだ。

「はぁ……」

吐きたくもないのに、ため息が口から漏れる。

暁人と会えなくなることは……よくないが、別にいいのだ。遅かれ早かれきっとそういう結末にたどり着いていたのだろうし、ダメ元で連絡先を渡す予定だったけれど、きっと彼から連絡はこなかっただろうと思うからだ。だから、それ自体は仕方がないと思う。

ただ、期待してしまったのが良くなかった。会えるかもしれないと期待をして、会えなくなったことにショックを受けているのだ。

昨晩だってハンカチさえ汚れていなければ、あのまま渡して今後は会わないつもりだったのだから。

「それにしてもアキトさんって優しいのね」

「へ？」

良美の感心するような声に、雨音はいつの間にか俯いていた顔を上げる。

「服汚しちゃったからって、家にまで上げて、洗濯してくれて、ココアまで淹れてくれて。それで、おまけに話まで聞いてくれるとか。良心どうなってんの!? って感じじゃない？　アキトさんにとって、その時の雨音って、ほとんど何も知らない謎の女のはずなのにさ」

「そう、だよね」

「しかも、夜道は危ないからって家まで送ってくれたんでしょう？　めちゃめちゃ紳士よね」

「……うん」

良美の声に雨音は呆けた声で頷いた。

（そうだ、私。やってもらってばかりで、何も返せてない……）

二年前のことも、ホテルでのことも、シャツを洗濯してもらったことも、ココアを淹れてもらったことも、家まで送ってもらったことも。雨音はただしてもらうばかりで、何も返していない。

しかも、貸してもらったハンカチさえもいまだに返せていないのだ。

(本当に、ハンカチを返すだけで良いのかな……)

箸の先がソーセージの皮を破る。そのまま頬張ると、雨音は何か思いついたように顔を上げた。

「雨音?」

「私、ちゃんと恩返ししなくっちゃ……」

箸を握り締めたまま、雨音は静かな決意を含んだ声でそう呟いた。

雨音を家に迎え入れた翌日から、ポストに変なものが届くようになった。
「今日は……ゼリー飲料にDVD?」
仕事を終えた暁人は、ポストに入っていたそれらを取り出して目を瞬(しばた)かせた。続けて奥に入っていたピンク色の洋形封筒にも手を伸ばす。差出人は書いてない。しかし誰から届いたのかは明白だった。

暁人はマンションロビーのオートロックを解除しながら、器用に片手で手紙を広げた。

『お仕事お疲れ様です。
このドラマ、会社の同僚さんが面白いと言っていたので、ダビングしてもらいました。
よかったら観てみてください。
湊川雨音』

それだけしか書かれていない、簡潔な手紙だった。白いＤＶＤには手書きで『赤褐色のカフカ』と書いてある。知らないタイトルだ。もしかしたら少し前のドラマなのかもしれない。

実は、こんな感じの贈り物がもう三日も続いている。……今日で四日目だ。
初日は、例のハンカチが入っていた。そのハンカチと一緒に、手紙と、チョコレートが入っていた。一緒に入っていた手紙によると、そのチョコレートは雨音の好きなシリーズのものらしく、最近になって新しい味が出たからと贈ってくれたそうなのだ。

『嫌いじゃなかったら食べてください。
あんまり甘ったるくないので、甘いものが苦手な人でも食べられると思います。

お口に合わなかったり、迷惑だったら捨ててください』

手紙にはそう書いてあった。

髪の毛混入バレンタインデー事件もあるので、正直チョコレートには良い思い出がないのだが、不思議と手が伸びて、気がつけば一つ口の中に放り込んでいた。そして、口に溶けた甘さと、ほろ苦さと、予想ができない彼女の行動に笑みが零れた。

クリスマスである昨日は、クリスマスカードと一緒にツリーが入っていた。もちろんポストの受け口から入れられるような組み立て式の小さなものだ。手紙代わりに入っていたクリスマスカードによると、これはサンタからの贈り物らしい。当然、名前は書いていなかった。

きっとこれは、彼女なりの恩返しなのだろう。それは暁人も理解していた。

雨音は二年前のことをとても恩に着ているようだったし、数日前に家まで送って行った時も、何度も何度も呆れるぐらい頭を下げて、お礼を言っていたからだ。お礼の品をポストに入れて、直接、雨音と暁人が会わないようにしているのも、きっと彼女なりの気遣いだろう。

「でも俺は、『会いにこい』ってつもりで、ああ言ったんだけどな」

『それじゃ、再提出だね』

数日前に彼女に放った、己の声が耳の奥で蘇る。どうして、あの時の自分ははしゃいだような声を出していたのか。それはよくわからない。でもだからだろうか、彼女を送って行った翌日、ポストにハンカチが入っているのを見た時は、ちょっと……というか、かなりがっかりした。それまでは、てっきり彼女自身がハンカチを携えてやってくるものだとばかり思っていたからだ。変な肩透かしを食らった気分だった。でもそのまた翌日、同じようにプレゼントが届いて、このやりとりが続くのだと安心したりもした。

今、彼のポケットに入っているのは、雨音から再提出されたハンカチだ。

このハンカチを返してもらってから、妙にこればかり使ってしまっている。

「さて、どうするかな……」

そう呟きつつ、暁人は楽しそうに頬を引き上げた。

◆◇◆

抜き足、差し足、忍び足……なんて別に使わないけれど、できるだけそっと音を立てないように、雨音はマンションのロビーに侵入した。悪いことをしているわけではないけれど、なんとなく堂々と入るのはためらわれて、こうして泥棒のようにそーっと入るのが習慣化してしまっていた。

その日はちょうど日曜日だったが、もう年末ということもあり、ロビーに人はいない。きっと帰省でもしているのだろう。だってもう二十七日だ。

「えっと……」

暁人の部屋のポストの前に立ち、用意してきたものを入れる。そしていつものように、手紙も添えた。

「楽しんでくれますように……」

胸の前で両手を合わせながら、そう願った時だった。

「なに入れたの？」

「――きゃぁあぁぁ！」

耳元で声がして、雨音はとんでもない叫び声を上げながら飛び上がる。振り返ると、暁人がいた。

「ア、ア、アキトさん!? どうしてここに!?」

「今日は俺もお休みの日だからさ、待ち伏せしてた」

「ま、待ち伏せ？ どなたを、ですか？」

「君」

「へ？」

指を差され身体が硬直する。念のためにうしろを振り返ったが、やっぱり誰もいなかった。

「わ、私を、ですか？」

「そう、雨音ちゃんを」

いきなり名前を呼ばれてどきりとした。しかも、下の名前に『ちゃん』付けだ。

彼女が狼狽えているうちに、暁人はポストの中を挿入口から覗き見る。

「なに入れたの？　今日は随分と薄いんだね」

言っている間に、暁人はポストの鍵を開けて中身を取り出した。そうして、茶封筒のほうから中身を確かめる。

「あ……」

「なにこれ。映画のチケット？　これってもしかして、イザード・サーガシリーズの最新作？」

「えっと、たまたま会社でもらって、それで……」

嘘である。本当は会社でもらってなんかいない。昨日の夕方、たまたまイザード・サーガシリーズの最新作が上映されると知って、すぐに買いに行っただけである。暁人の休みがわからないので、あらかじめ行かなければならない日が決まっているスポーツ観戦のチケットなどは贈れないが、映画の前売り券ならいつ、どの映画館に行っても良いのだし、無駄にならないと思ったのだ。それに……

（このシリーズ、アキトさん好きそうだったしね）

暁人の部屋を訪れた時に、飾ってあったアメコミのフィギュア。あれはイザード・サーガシリーズのものだった。ペットボトルの特典のようなものだったが、三つほど並んでいたのでおそらく集めているのだと思う。雨音はたまたまそれを覚えていたのだ。

暁人はチケットを取り出すと、じっとそれを眺めている。お気に召しただろうか。

「ねぇ。どうしてこれ、二枚入ってるの？」

「それは、シュウジさんか、クニオミさんを誘うかなぁって思って。一人で映画はハードルが高いと聞きますし……」

ちなみに雨音は、全然気にすることなく一人で映画も焼き肉も行けちゃうタイプだ。遊園地だって、カラオケだって、一人で問題ない。しかし、誰も彼もがそういう人間ではないだろうということは、ちゃんと理解していた。暁人は顔の横でチケットを振る。

「ってことは、これで俺は誰を誘っても良いわけだ」

「そ、そうですね」

「女の子を誘っても？」

「それは……どうぞ」

意地悪な言葉に、胸がしゅんとした。あげたものをどう使おうが、それは暁人の勝手だし『デートで使うかもしれないな……』とのんびり考えてもいた。ただ、黙っていて欲しかったな、とは思うのだ。一応、これでも片想い中の身である。好きな人が他の女性と出かけることを知るのは、しかも自分があげたチケットを使うのは、ちょっと、しょんぼりしてしまう。

「それじゃ、はい」

「え？」

「よかったらさ、今から一緒に行かない？　ついでにお昼も食べようよ」

一枚だけ差し出されたチケットを、雨音は穴が空くほど見つめる。そして信じられないといった面持ちで、視線を彼に滑らせた。

「…………え？」

「出かけるなら、もっとまともな服を着てくればよかったです……」

一時間後、二人の姿は近くの映画館にあった。がっくりと肩を落とす雨音とは対照的に、暁人は終始機嫌が良さそうににこにことしている。

「俺は別に気にしないけど？」

「私が気にするんです！」

「なんで？」

「なんでって、それは……」

好きな人と出歩くのだ。雨音だって多少はまともな格好をして出かけたいという気持ちがあった。しかも、その好きな人というのが、アイドル顔負けの美形なのだから尚更だ。着飾ったとして、隣に立てるかどうかも怪しいのに、こんな格好では側を歩く虫以下である。

（もう、透明人間になりたい……‼）

道を歩くたびに暁人に気づいた女性達が振り返り、そして隣の雨音を見て首を傾げる。暁人自身はそれにまったく気がついていないようだが、首を傾げられる雨音にしてみれば、どうにもいたたまれない。

（だけど、こんなチャンス二度とないし……）

恥ずかしくていたたまれなくて仕方がないが、断るという選択肢はなかった。こんなチャンス、次いつ来るかわからないし、そもそも来ない可能性のほうが高いだろう。今ここで行かなかったら絶対に将来後悔する自信がある。

（せめて、暁人さんに恥ずかしい思いはさせないようにしないと！）

そう胸元に拳を持って来た時。彼の声が頭上から降ってくる。

「雨音ちゃんってさ、ポップコーンは塩とキャラメルとバターだったらどれ派？」

「え？」

「ポップコーン」

いきなりそんなことを聞かれて、雨音は小首を傾げた。

「私は……キャラメルですかね……」

「それなら、キャラメル味で」

「かしこまりました」

（かしこまり、ました？）

俯いていた雨音は、その声で顔を上げる。するとちょうど暁人が店員からトレーを受け取るところだった。そのトレーの上には、一つのポップコーンと二つの飲み物。あれはもしかして、もしかしなくても、雨音の分も入っているのではないだろうか。

雨音は全身の毛が逆立つような思いがした。

「『カップルセット』ってのがあったからそれにしたよ。飲み物は雨音ちゃんが呼んでも反応しなかったから適当に選んだんだけど、よかった？」

「なっ、何してるんですか!?」

「え？　ダメだった？　ポップコーン、嫌い？」

「嫌いじゃないですけど……」

この映画は雨音のお礼なのだ。なのに、こんなことをしてもらっては、お礼の意味などなくなってしまう。雨音は慌てて財布を出した。

「私も払います！　いくらでしたか⁉」

「いいよ、これぐらい。チケットに比べれば安いものだし」

「いや、でもチケットは……」

「もらったんじゃなくて、わざわざ買ってくれたんでしょ？」

「……え？」

「そのぐらいわかってるよ」

肩をすくめながらそう言われ、雨音の頰は熱くなる。

「俺のためにチケット用意してくれたんだよね？　ありがとう」

「いえ……」

何もかもお見通しというようにそう言われ、雨音は恥ずかしげに俯いた。

それからしばらくして入場時刻になった。二人は席に着く。映画は公開初日ということで、観覧客はそれなりに多かった。広めの座席なのでお互いの身体が当たることはないが、隣り合った席がちょっと恥ずかしい。二人の間にある肘掛けには触れないように、雨音はきゅっと身体を小さくさせた。

シアターの中は明るく、まだスクリーンには何も映っていない。

「そういえばさ、あれっていつまで続けるつもりなの？」

「あれ？」

「ポストに何か入れるやつ。……あれってさ。俺に対してのお礼なんでしょ？」

「あ、はい。――もしかして、ご迷惑でしたか!?」

顔を跳ね上げて、雨音は暁人に詰め寄る。暁人は苦笑いを浮かべた。

「別にそういうわけじゃないけど」

「本当ですか!?」

「本当。チョコレートも美味しかったし、ドラマも面白かったよ」

「それなら、よかったです」

その言葉に、雨音はほっと胸をなで下ろした。

綻ぶような雨音の笑みに、暁人は眩しそうに目を細める。そうして彼は深く椅子に腰掛けた。

「……というか、直接渡しにこようとか思わなかったの？　俺はそういうつもりで『再提出』って言ったんだけど」

思いがけない彼の言葉に、雨音は大きく目を見開いた。

「そ、そうなんですね。てっきり、直接はダメなのかと……」

「そんなわけないでしょ？　それなら最初から『再提出』なんてさせてない」

彼は顔をスクリーンに向けたまま、目線だけで雨音を見る。

「本当に雨音ちゃんって変わってる子だよね」

「そう、ですかね。自分じゃよくわからなくて……」

「普通、プレゼント渡すなら下心ありで渡すと思うのに、全然そんなことないし」

「下心？」

「俺と付き合いたいとか、そういうの」

「付き――!?」

途端に雨音の体温は急上昇した。確かにホテルで再会した段階で、彼に気持ちは伝えてしまっているが、こうもはっきりと言われるとどうにも困ってしまう。

「あ、違った？ てっきり君は俺のこと好きなんだと思ってたんだけど」

「それは、できたらお付き合いしたいですけど……」

「ですけど？」

雨音は膝の上でぎゅっと拳を握る。

「わ、私はお姫様にはなれませんし！」

「――ふっ」

その笑い声に、雨音は信じられない面持ちで暁人を見た。結構真剣に言ったにもかかわらず、彼はまだ肩を揺らしている。

「まだ『王子様』のくだり残ってたんだ」

「当然ですよ！　私にとってはアキトさんはずっと『王子様』です」

「開き直ったね。前は恥ずかしそうにしてたのに」

笑う暁人の様子を見て、雨音の尖っていた口元も緩む。

なんというか、こうしている時間が何よりも大切で、なんだかとっても幸せだった。

「じゃあ、雨音ちゃんは俺とどうなりたいの？」

「どう？」

雨音は目を瞬かせる。どう、というのは暁人とどういう関係になりたいか、ということだろうか。

「私は……」

彼女は言葉を切る。そしてしばらく考えた後、へらりと微笑んだ。

「私は、アキトさんに幸せになってもらいたいです」

「幸せに？」

「好きな人が幸せだったら、きっと私も幸せですから」

『彼とどうなりたいか』と聞かれたら、それは当然『恋人になりたい』だ。再会するまでは、『憧れ』と『好き』の間で揺れ動いていた想いだが、彼の優しさに触れた今はもう確実に『好き』の方向に振り切れてしまっている。だから彼と、付き合いたいし、恋人になりたい。だけど自分は、彼の恋人になれるような器ではないのだ。だから、彼には幸せになってもらいたい。その幸せになる過程に自分がいたら、きっとこの想いも少しは報われる。雨音はそう思っていた。

「好きな人が幸せなら、ね」

何か思うところがあったのか、暁人は意味ありげにそう呟く。そうして、雨音に手のひらを差し出してきた。

「ねぇ、スマホ貸して」

「え？」

「スマホ」

雨音は自分の鞄からスマホを取り出し、彼の手に載せた。

「暗証番号は？」

「えっと、0101です」

「安易だね」

暁人はそう笑いながら、手早くスマホのロックを解除した。そして、何か操作を始めた。

「あの、何してるんですか？」

「俺の連絡先入れてる」

「へ⁉」

ひっくり返った声を上げる雨音を尻目に、彼は彼女のスマホから自分のスマホへと電話をかける。そして入手した電話番号を自分のスマホに登録した。

「はい。これで終わり」

「ど、どうして……」

「次から何か持ってきたら連絡して」

「へ？」

「チョコレートとか入ってたけど、溶けちゃったらいけないからさ。長期のフライト行ってる間に食べ物とか入ってたら腐らせちゃうし」

「あ、そうですね」

そこまで考えていなかった雨音は、その言葉に素直に頷く。確かに食べ物は気をつけなければならないところが多そうだ。

「あと、俺に直接渡したいものがあったら連絡して良いから」

「わかりました！」

連絡先一覧にある『三海暁人』の文字に指を這わせる。

（アキトさんってこういう字なんだ……）

たかが連絡先を交換しただけなのに、なぜか彼との心の距離が近くなったようなそんな気がした。

それから三日後、二人の関係は微妙な変化を遂げていた。

『今日はクッキー持って行きますね！』

『手作り？』

『違います。近くに、新しい洋菓子店ができてたので、そこのものです。私も買って食べてみたんですが、口どけがほろほろしていて、すごく美味しかったですよ！』

『そうなんだ。それじゃ、楽しみにしてる』

『はい！』

雨音はスマホのバックライトを落とし、暁人のマンションの扉を開ける。以前のように辺りを気にしながら入るようなことはもうなくなっており、彼女は堂々とポストの前に立った。番号を教えてもらっているので、ダイヤルを回して鍵を開ける。

そうしていつものようにプレゼントを入れようとした瞬間、ポストの中に置いてある茶色い紙袋に目がとまった。その袋には『雨音ちゃんへ』の文字。

「あ、また……」

雨音はそれを手に取り、開ける。中には、可愛いリボンのバレッタが入っていた。

「わぁ！」

思わず感嘆の声を上げる。青と白の色合いがとてもおしゃれだし、可愛い。派手すぎないので、これなら会社にだってつけて行けそうだ。

『可愛いのみつけたので、よかったら』

添えられたメッセージカードには、それだけ書いてあった。これはきっと『お返し』だろう。映画を観た翌日から、ポストの中に暁人から『お返し』が置いてあるようになったのだ。

雨音はカードを読んだ後、緩んでいた口をきゅっと引き締める。そうして、またスマホのメッセージアプリを開き、指を滑らせた。

『暁人さん、バレッタありがとうございます』

『可愛かったでしょ？』

『可愛いですけど、お返しはいらないって言ったじゃないですか！　これじゃあ、いつまでたってもこのやり取り終わりませんよ？』

そんなことを書きつつ、やめる気は一切ない。このやりとりが楽しいし、むしろいつまでも続けばいいとさえ思っていた。

（暁人さんってこういう気遣いもできてモテそうなのに、恋人いないのかな）

はっきりとは聞いていないが、あの態度からしていないのだろう。もしいたら、一緒に映画なんて行かないだろうし、そもそもこういうプレゼントだって断っているに違いない。

（お返しもいっつもセンスが良いものばかりだし、暁人さんと付き合う人は幸せだなぁ）

雨音はほくほくとしながらそう思う。ちなみに、もらった『お返し』はすべて使うことなく、机の引き出しの一番奥にしまっている。もったいなさすぎて使えないのだ。きっとこのリボンのバレッタも同じ運命をたどることになるだろう。バレッタを眺めながらニヤニヤしていると、またスマホのほうに通知がくる。

『あれは、お返しじゃなくてプレゼント。ちゃんと使ってね』

まるで心を読まれたかのようなその文章に、雨音は頬が緩む。

そうして返信を打とうと指先をスマホの画面につけた。――その時だ。

「ねぇ」

急にうしろからそう声がかかり、雨音は慌てて振り返った。彼女のうしろには不機嫌そうに腕を組んだ女性がいる。身長が高く、手足も長い上に、サングラスをかけているので威圧感が半端ない。

「あ、すみません！」

雨音は慌ててその場をどいた。暁人のポストの前に立っていたので、近くにある彼女の部屋のポストが確かめられなかったのだろう。

そう思ってどいたのに、彼女は雨音が動いてもなお、ポストには近づこうとしなかった。

「ねぇ」

「は、はいぃ!?」

怒ったような声をかけられて身体が跳ねる。女性はヒールを鳴らしながら雨音に近づくと、サングラス越しに彼女を睨み付けてきた。

「アンタ今、暁人の部屋のポスト開けてなかった？」

「あ……、はい」

肯定すると、彼女はまた雨音との距離を詰めてきた。雨音はそれに小さく悲鳴を上げる。

「なんで？　付き合ってるの？」

「えっと……」

「もしかしてアンタが、暁人の片想い相手なの？」

「へ？」

雨音は目を瞬かせた。

話を聞くと、彼女は先月、暁人に告白してフラれた女性らしい。

彼女は暁人の大学時代の後輩で、その当時から彼のことが好きだったらしいのだが、あまりの人気に告白もできず、当時は諦めてしまったとのことだった。

しかし最近になってたまたま再会し、思い切って想いを告げたところ、

『ごめん。俺、好きな人がいるんだ』

と断られたという。しかし、そう言われてもなお彼女はどうしても暁人を諦めきれなかった。だからしつこく迫り、その好きな人の特徴を聞き出したらしいのだ。それが『幼馴染で、ずっと一緒にいた子』だというのだ。しかも『付き合うなら彼女以外に考えられない』とも宣ったという。だから、諦めてくれ、とも。彼女はそう言われても諦めることができず、つい最近、暁人の住んでいるマンションと部屋番号を突き止め、今日ようやくここに訪れたということだった。

（それって、控えめに言ってストーカーなのでは？）

話を聞きながら雨音はそう思ったが、決して口には出さなかった。なんというか、彼女には鬼気迫るものがある。あとで暁人には伝えておいたほうが良いかもしれないが、今ここで口にするメリットはない。

（かっこいい人も大変なんだな）

目の前の女性は自分のことを話し終えると、雨音にふたたび一歩近づいた。

「それで、アンタは？」

「えっと……」

そうすごまれ、雨音は渋々自分のことを話した。できるだけ簡潔に淡々と。事実とし

ては『二年前に助けてもらって、たまたま再会した女』なのだから説明は簡単だ。

彼女はその説明を聞いて、納得した顔つきになった。

「まぁ、そうよね。アンタが暁人の好きな人なわけないわよね」

「……はぁ」

なんだかとっても失礼なことを言われた気がするが、納得してくれたならそれでいい。

そして彼女は、暁人の不在を確かめると「暁人、今いないのね。それなら帰るわ」とあっさり踵を返し帰っていた。おそらくまた彼がいる時に来るつもりだろう。

雨音はその背を見送ったあと、マンションから出る。

そうして、自身のマンションに向かって歩き出した。なぜか妙に足取りが重い。頭の中を巡るのは、先ほどの彼女の言葉だ。

『もしかしてアンタが、暁人の片想い相手なの？』

（暁人さん、好きな人いるんだ……）

なんとなくその事実が、胸に来た。恋人はいないだろうと思っていたが、好きな人までは気が回っていなかった。だって、あんなに素敵な彼が、片想いだなんて考えられなかったのだ。その気になれば誰とだって付き合えるだろう彼が、『想い合う』のではなくて『想っているだけ』というのが信じられない。

「どんな女性なんだろ……」

きっと素敵な女性なのだろうと思う。性格はあれだが、先ほどの女性だって見た目はまるでモデルのようだった。そんな女性を差し置いて、彼の心に居座り続ける幼馴染の女性というのは、どんな女性なのだろう。

「きっと私じゃ、足元にも及ばないぐらい素敵な人なんだろうなぁ」

好きな人が自分のことを好きじゃない。

そんな予想だってしていた当たり前の事実に、雨音は白い息を吐き出すのだった。

第四章　初めてのキスと最後のデート

『今日ひま？』

そのメッセージが暁人から届いたのは、翌日、大晦日のことだ。もう会社は当然休みに入っており、実家に帰省する予定もない雨音は、そのメッセージを部屋のこたつの中で見た。

『今はひまですが、もう少ししたら、ポストにお届け物をしようと思っていました！』

『その後用事は？』

『ないです』

『それなら今日来るついでに、ウチ寄っていかない？』

「へ!?」

表示された文章に素っ頓狂な声を上げる。『ウチ』というのはあれだろうか、彼のマンションということだろうか。雨音が画面を見つめたまま固まっていると、また彼からメッセージが届く。

『イザード・サーガシリーズ、全部は観たことないって前に言ってたでしょ？　今日仕事休みだし、俺も久々に観たくなっちゃったから一緒に観ない？　ブルーレイ、揃えてるんだ』

「おぉ」

本当にマンションへの呼び出しだった。なんだか現実味がなさ過ぎてふわふわとする。雨音はこたつから出ると正座をし、神妙な面持ちで画面をタップした。

『えっと、いいんですか？』

『うん。家で観るから迫力にはかけると思うけど、それでよかったら』

何が『よかったら』だ。そんなもの行かないわけがない。暁人と会えるチャンスをみすみす逃すような余裕は、雨音にはないのだ。

『今すぐ行きます！』

『待ってる』

画面の向こうで、彼が苦笑いをしているような気がした。

『今すぐ行きます！』

三十分ほど前に届いたその返信をもう一度眺めながら、暁人は苦笑を浮かべた。きっと画面の向こうで彼女は満面の笑みを浮かべていたに違いない。今頃はきっと身支度をして家を出た頃だろう。

「そろそろ来る頃かな」

知らず知らずのうちに口元が緩む。

それなのに、彼女をなんで誘ったのか、その理由は自分でもよくわからなかった。

朝起きて、仕事が休みで久々に何も予定が入っていない日だと気がついた。友人を誘って出かけるのもいいかと思ったのだが、なんとなく雨音の顔がちらついて、気がついたらメッセージを送ってしまっていた。

「気になってはいるんだろうな……」

そう呟く。

雨音は暁人が今までにあまり出会ったことのないタイプの女性だ。表裏はないし、ガツガツしてないし、自分を飾ることが苦手だし、純粋だ。だからこそ興味があるし、一緒にいても苦痛を感じない。だけどそれ以上の感情となると、よくわからないのが現状だった。

(付き合おうって言ったら、きっと付き合えるんだろうけどな)

彼女が好意を向けてくれているのはわかっているつもりだ。この関係が、それにあぐらをかいている関係だと言うことも承知している。でも、女性と付き合うことに億劫さを感じているのも本当で『何も言わないほうがいい』『このままが一番都合が良い関係だ』と、そう考える最低な自分がいるのもまた事実だった。

「でも、そろそろ決着つけないとな……」

そう呟いたすぐあとに、彼女の到着を知らせるインターホンが部屋に鳴り響いた。

「もしかして緊張してる？」

暁人がそう聞いたのは、シリーズの第一作目を観終わったあとだった。残りのブルーレイはあと三本。別に今日全部観るつもりはないが、もう一本ぐらいは一緒に観ようと思っていた時だった。

隣に座る彼女は背筋をピンと伸ばしたまま、微動だにしない。これで二時間を過ごしたのだから、すごいものである。

「き、緊張ですか。してないと言ったら嘘になります」

「だろうね」

肩を揺らして笑ってしまう。雨音が自分のことを好きなのはわかっているつもりだが、ここまで緊張するとは予想もしてなかった。

彼女はまるで暁人に触れないようにとソファの端にある肘掛けにぴったりと身体をつけている。その様子に、ちょっとだけ悪戯心が刺激された。

暁人は雨音に身を乗り出した。

「もしかしてさ、何かされると思ってる？」

「へ⁉」

「俺がここで狼みたいに君のこと襲ったりすると思ってるの？」

その言葉を聞いた瞬間、彼女はまるで茹蛸のように赤くなった。ニットの端から出ている華奢な手も明らかに火照っている。

（いちいち可愛い反応をする子だな）

もう二十六歳で、男の一人も知ってるだろうに、彼女はこういう時まるで処女のような反応をする。それがとっても可愛くて、ついつい虐めてしまうのだ。

彼女は火照る自身の身体を抱きしめて、ふるふるとちぎれそうなぐらい首を横に振った。

「そ、そんな！　滅相もありません！　わ、私なんかを暁人さんがどうこうするなんて！」

「わかんないよ？　気をつけてないと襲われるかも」

そう言いながら近づくと、彼女はますます赤くなって暁人から距離を置いた。

「あ、暁人さんはそんなことしませんし！　むしろ――」

「むしろ？」

「わ、私のほうが何かしちゃいそうで怖いんです！」

「――ぷっ」

不意打ちだった。

どうやらふきだしてしまったのを見られていたようで、彼女は赤くなったり青くなったりを繰り返している。自分の失言と、暁人が笑ってしまった事実に彼女は混乱しているようだった。

暁人は堪えきれない笑みを手の甲で押さえながら、話を続ける。

「何それ。どういうこと？」

「どういうことって。そ、そのままの意味です！　こう近くにいると暁人さんのつけてる香水の匂いとか、体温で、もう理性がどうにかなっちゃいそうで……!!」

「女の子でもそういうこと言うんだ」

「お、女の子だって、好きな人の前では男の人と一緒ですよ？」

俯いた状態で彼女はこちらを見る。その言葉と上目遣いの表情になんだか胸が変な音を立てる。

「雨音ちゃんって、見た目によらず積極的なんだね」

「変態ですみません！　もし何かしようとしてしまった場合は、遠慮なく思いっきり投げ飛ばしてください！　すぐに正気に戻ると思います！」

「俺、そこまで肉体派じゃないんだけど……」

彼女の突飛な発想に、やっぱり笑ってしまう。彼女といると暁人は笑ってばかりだ。

こういうのも『女性に翻弄される』というのかもしれない。

「でも、そうだな……」

暁人は雨音に向かって軽く両腕を広げて見せた。

「いいよ、襲っても」

「へ？」

「俺はここで動かないから、雨音ちゃんがしたいことしていいよ」

男として、翻弄されるばかりも癪だった。彼女のことはどちらかというと、翻弄した
いし、赤くなったり、涙目になったりするところをそばで見ていたいとさえ思う。

彼女は暁人の想像通りに唇をわなわなと震えさせた。そして、両手で顔を覆う。指の
隙間からこちらを見ているさまはやっぱり可愛い。

「い、いいんですか？」

「ん。おいで」

そう許可を出すと、彼女はじわじわとにじり寄ってきた。その顔は本当にしていいのか戸惑っているようだった。まるで餌を目の前にした野生の子猫のようである。

（キス、ぐらいかな）

いくら『理性が――』『襲って――』などと言っていても、雨音は基本的に奥手な女の子だ。暁人が許可を出したとして、どうせそこまでのことはしない。唇を合わせるぐらいはするだろうし、勢いがついて舌ぐらいは入れてくるかもしれないが、まぁやってそのぐらいだろう。暁人はそう考えていた。

「目を瞑ってもらえますか？」

「ん」

目を瞑ると、彼女が近づく気配がした。ソファの座面が彼女の方向に沈み込む。

「ほ、本当にいいんですか？」

「いいよ」

「こ、後悔しないでくださいね」

彼女の声が震えている。これはもしかすると本当に押し倒されるぐらいはあるかな……なんて考えた時だった。頬に生温かい感触が引っ付いて、すぐ離れていった。

「ん？」

「へ？」

頬を押さえながら、目を開く。すると彼女は真っ赤な顔で唇を押さえていた。恥ずかしいのか、目元も潤んでる。

「……終わり？」

「や、やりすぎましたか⁉」

むしろ逆だ。足りなかった。暁人としてはキスされる前提で待っていたのに、彼女がしてきたのは今どき小学生でもやらないような頬へのキス。拍子抜けもいいところだ。

そんな彼の心情を知ってか知らずか、彼女は潤んだ瞳を床に向けた。

「あ、あの。本当は遠慮すべきだと思ったんですけど！　暁人さんとキスしてみたいなって、あの、ちょっと思っちゃって。ごめんなさい……」

彼の態度をどうとったのか、彼女はおろおろと瞬きを繰り返す。怒られるとでも思っているのだろう。

「私なんかがキスなんて図々しいことしてしまって、あの、本当に――」

暁人は焦る雨音の髪の毛をかき分け、頬に触れた。

「あれでキスのつもり？」

「へ？」

「キスっていうのは、こうやってするんだよ」

彼女を引き寄せ、上を向かせる。彼女の大きな瞳に自分が映って、それがどんどん大きくなっていく。驚きすぎて瞬きさえも、彼女はできないようだった。

「ん」

「ふっ」

唇が重なる。初めて触れた彼女の唇は思ったよりも柔らかくて、甘かった。

彼女が縋るように暁人の服を掴む。その仕草が可愛くて、さらに深く唇を合わせた。

下唇を食んで、上唇を口に含む。何度も角度を変えて、彼女の唇を味わい、吐息も唾液も全部自分のものにした。息ができなくて苦しかったのか、唇が一瞬離れると同時に、舌先が口から飛び出てくる。それがたまらなくて、今度はその舌先に齧り付いた。

（やばいな……）

なぜだか、止まらなかった。彼女も抵抗らしい抵抗をしないので余計にだ。

彼女が離れないように頬を掴んだまま、舌を絡めて、歯列をなぞる。舌の根を思いっきり引っ張ってやれば、びくりと身体を震わせた後、彼女の身体の力が抜けた。

「んふっ」

「ん」

瞳がとろんと溶けだして、次第に彼女もキスに応えだす。それが嬉しくて、今度はソファの座面に彼女を押し倒して、唇を貪った。

それから散々唇を堪能した後、暁人はようやく雨音を離した。二人を繋ぐように唾液の糸がゆるく伸びて、ぷちんと千切れた。自由になった彼女は潤んだ瞳で暁人を見上げ、そして、その瞳からほろりと水滴を転がした。

その瞬間、暁人は我に返る。

「あ……」

（しまった――）

やりすぎた。

ここまでするつもりはなかった。というか、最初は自分からキスするつもりなんてなかったのだ。してしまったのは、彼女が唇にキスをしてくれなかったから。

その理由に、暁人は自分の欲望を知って、途端に恥ずかしくなる。

「ごめん。今のは――」

「わ、わかっています！　あの、わ、私にキスを教えてくれようとしたんですよね⁉」

震える唇を必死に動かして、彼女は早口でそうまくし立てる。顔は俯いており、恥ずかしいのか、いたたまれないのか、目線はまったく合わなかった。

「ありがとうございます！　おかげで、あの、キスがどんなものかわかりました！」

「その言い方、もしかして初めてだったり？」

暁人がそう聞くと、雨音の顔はさらに赤くなった。瞳にもますます涙が溜まる。

（この反応は――）

「もしかして本当に？」

信じられない気持ちでそう呟くと、彼女の顔がくしゃりと歪んだ。瞳に映るのは羞恥（しゅうち）の感情だ。

「あ、あの！　今日は帰りますね！　し、失礼しました!!」

そう叫ぶようにしたあと、彼女はカバンをひったくって帰っていく。止める間なんてまったくなかった。走り去っていく背を見送った後、暁人は頭を抱えて蹲（うずくま）った。

「あー……」

（やってしまった……）

唇を撫（な）でると、先ほどまで繋（つな）がっていた彼女の唇の感触が、残っているような気がする。

「しかも、初めてって……」

申し訳ない気持ちの奥に見え隠れする確かな喜びを、暁人はわざと見ないふりをした。

「あぁぁぁぁぁ！　なんで逃げてきちゃったんだろう!!」

暁人の家からの帰り道、雨音はそう叫びながら蹲った。

唇にはいまだに彼の感触がしっかりと残っているし、互いの舌が絡まる粘っこい水音も、彼の荒々しい吐息も、絡み合った指も、全部ありありと思い出せる。

（しかも、あんなことされたら……）

彼も自分のことを好きなんじゃないのかって勘違いしてしまう。彼の気持ちをはき違えてしまう。ただでさえ、雨音は今のこの状況に浮かれているのに、これ以上されたら戻ってこられないところまで気分が浮上してしまう。あとでその高さに泣くのは雨音自身なのだ。

「暁人さんには好きな人がいるんだから……」

そう雨音は自分に言い聞かせる。あのキスだって、きっと大した意味はない。何も知らない雨音に大人のキスを教えてくれただけなのだ。

『キスっていうのは、こうやってするんだよ』

熱っぽい彼の声が耳の奥で蘇る。その声に雨音はふたたび膝の間に顔を埋めた。

「だとしてもあれはないよー……」

モテる暁人にとっては、あの程度のキスなんて大したことではないのだろう。もしかしたらあいさつ程度の意味しかないのかもしれない。

だけど、雨音にとってはそうではない。初めて、だったのだ。

二十六年間生きてきて、初めてのキス。当然、彼みたいに簡単に割り切れるものではない。馬鹿みたいに心臓は高鳴るし、ダメだとわかっているのに期待をしてしまう。

「もーやだ……」

蹲りながらそう吐いた時だった。鞄に入れていたスマホが鳴る。この音はメッセージアプリのものだ。

雨音は億劫そうに鞄を探り、メッセージを見た。そして、顔をくしゃりと歪ませて、ふたたびぎゅっと膝を抱えた。

『さっきはゴメン。お詫びと言ったらなんだけど、明日一緒に初詣行かない？』

スマホの画面には、そんなメッセージが映っていた。

当然、行かないなんて選択肢はない。

「こういうことするから……」

雨音は唸るように呟く。こういうことをするから、勘違いをしてしまいそうになるのだ。彼は気のない女の子へのフォローが行き過ぎている。

でもそのメッセージが嬉しいのも事実で、雨音はそのメッセージに『行きます』と返信した後、赤い頬を隠すように両手で顔を覆うのであった。

◆◇◆

一月一日。

「あけましておめでとうございます」

「こちらこそ、あけましておめでとうございます」

初めてのキスをしてしまった翌日、暁人の住むマンションの下で二人はそう言い合って頭を下げた。

お互いにどこかぎこちない雰囲気だったが、昨日のことには触れずに歩き始める。予定しているのは、近所の小さな神社での初詣だった。

「私、誰かと初詣なんて久々かもしれないです」

微妙な緊張状態を和ませようと、雨音はそう口を開く。暁人もそれに乗っかってきた。

「あんまり初詣とか行かないタイプ？」

「そういうわけじゃないんですけど、こっちに来てから初詣に誘う友人もいなくて……。良美も実家に帰ってるみたいだし……」

「雨音ちゃんは出身ここじゃないの？」

首を傾げる暁人に雨音は頷（うなず）いた。

「はい。鹿児島（かごしま）ですね。入社した時はそこの支店にいたんですが、三年前にこっちに転勤になりまして……」

「今年は帰省しなかったんだ」

「飛行機がやっぱりまだちょっと怖いので、必要最低限しか帰らないようにしてるんです。今年は夏に帰ったので、次は来年の夏かなって」

「そっか。確かにそういう事情があったね」

「……はい」

「……」

「……」

（ど、どうしよう……）

会話が途切れる。二人とも気にしないように努めすぎていて、逆に不自然なぐらい会話がスムーズに終わってしまった。いつもならば小さなとっかかりから会話が広がって、途切れることなんてあまりないのに。

やっぱり二人とも、昨日の出来事を気にしているようだった。

しばらく無言で二人は足を進める。そんな沈黙を破ったのは、暁人だった。

「雨音ちゃん。昨日はごめんね。ちょっと調子に乗りすぎた」

「だ、大丈夫です。気にしてませんから！」

「気にしてないの？」

「気にしてないです！　少しも！　これっぽっちも！　爪の先ほども気にしてません！」

まるでマシンガンのように、早口でそうまくしたてた。

彼にとってはキスなんて大したことじゃないのに、雨音がいつまでもうじうじしていたら、彼に変な気を遣わせてしまうだろう。なので、これからも良好な関係を続けるため、雨音はそう思いっきり否定したのだが、彼はどうやらその答えが少し気に入らなかったようで「そう。気にしてないんだ」といつもより低い声を出した。

そんな彼の声色を読み取ることができない雨音は、このまま話を逸らそうと言葉を重ねる。

「でも、ああいう思わせぶりなことをするから、暁人さん女性につきまとわれるんですよ？」

「それって、雨音ちゃんが家に来てましたよって教えてくれた、あの後輩の女の子のこと？」

雨音は頷く。

「あの方は結局どうなったんですか？　本当に来られましたか？」

「あぁ、うん。家に来たから追い返したよ。『これ以上つきまとうなら警察呼ぶよ』って脅し付きでね」

「そうなんですね」

『警察を呼ぶ』なんて物騒な発言、いつもの優しい暁人からは考えられない。

「大体さ。あの子、自分のことを俺の後輩だって名乗ってたけど、俺は全然覚えてないんだよね。名前も思い出せないし……」

　その時のことを思い出したのか、暁人は険しい顔で眉間を揉む。

「ああいうこと、昔から多いんだよね。まったく知らない人に跡をつけられたことも一度や二度じゃないし。今のマンションじゃないけど、ゴミが漁られてることも多かったな」

「それは、……かっこいい人も大変ですね」

　嫌味ではなく本気でそう思う。つけられるのもゴミを漁られるのも自分の立場で考えたらただただ恐怖でしかない。

「確かに、あんまり女性を無下にしたことはないけどさ。……でも、付き合う前にああいうことしたのは雨音ちゃんが初めてだよ？」

「へ？」

　顔を覗き込まれ、体温がじわじわと上がる。『ああいうこと』というのは例のキスのことだろうか。その言葉に、昨日の唇の感触がまた蘇ってくる。

「そ、そうですか」

「うん」

はっきりとそう言い切り、暁人は雨音の頭を撫でる。その仕草と言葉は、まるで雨音が特別だと言っているようで、恥ずかしいし、嬉しかった。

暁人は雨音の手を小指の指先からたぐり寄せるようにして握る。彼の体温に雨音はびくりと身体をふるわせた。

「神社行く前にお昼食べようか」

「……はい」

頬を染めながら頷くと、暁人は微笑み、彼女の腕を更に引いた。

それから二人は食事をし、昼を少し過ぎる頃に神社に着いた。小さな地元の神社なのにもかかわらず、そこにたどり着くまでの道はそれなりに混雑している。

二人は手を繋いだまま、その中を歩いていたのだが、とある集団を見つめ暁人は足を止めた。

「あれ、國臣？　早苗に修二も……」

その声に目の前の人物達は振り返る。そこにいたのは、ホテルで会った暁人の友人達だった。恋人なのだろうか、彼らの隣には女性が一人ずついる。おろおろと視線を彷徨わせているうちに、暁人は雨音の手を引き、彼らの所へ歩いて行った。

「三人とも、偶然。何してるの？」

「暁人か」

「ちょうどお前の話をしていたんだよ」

國臣と修二は振り返り、驚きながら口々にそう言った。どうやらちょうど暁人の話をしていたらしく、タイミングが奇跡的だったらしい。

彼らは初詣を兼ねたダブルデートをするという話だったらしく、急遽、暁人達もそこに加わることになった。

暁人と修二はいいとして、女性陣とは初顔合わせだ。雨音が緊張した面持ちでいると、一人の女性が声をかけてくれた。いかにも元気そうなショートカットの女の子だ。

「えっと、雨音さん、だっけ？」

「はい」

「私、双葉早苗って言うの。よろしくね」

「あ、よろしくお願いします」

人の良さそうな顔を前面に貼り付けて彼女は笑う。そして――

「暁人さんとは幼馴染だから、気軽に話しかけてね」

「幼馴染？」

「うん。幼馴染」

そう言って、早苗は笑う。雨音はそんな彼女を驚きの相貌で見つめることしかできなかった。

(たぶん、あの人が暁人さんの好きな人なんだろうな……)

雨音がそう確信したのは、絵馬を書くために暁人を『向こう行っててください!』と追い出してすぐのことだった。本当なら絵馬を書いてすぐに暁人と合流するはずだったのだが、今彼女の手は完全に止まってしまっている。その視線の先には、仲良く談笑する早苗と暁人がいた。

「む、無理! そんなの、絶対に無理!」

「まぁ、そうだよね。俺もいきなり早苗が……」

詳細は聞こえないが息は妙に合っているようで、二人は笑い合いながら、時には怒ったような顔も交えながら、和気あいあいと話していた。

女性に対して懐疑的(かいぎてき)な暁人が、あんな風にリラックスしながら女性と話す姿を、雨音は初めて見た。あれはどう見ても特別扱いだろう。

(早苗さん、か)

暁人の玄関先で出会った女性も暁人の好きな人は『幼馴染(おさななじみ)で、ずっと一緒にいた子』だと言っていた。これはもう、決まりだろう。

「楽しそうだなぁ……」

自分で『恥ずかしいから』と離れてもらっておいて、そんな風に羨んでしまう。

早苗はとても素敵な女性だった。年下の雨音から見ても可愛くて、元気で、優しくて。暁人が彼女のことを好きになるのも当然という感じの女性だった。常におどおどしてしまう、平凡の代名詞である自分とはえらい違いである。

雨音は唇を尖らせたまま視線を絵馬に戻した。

五角形の木の板には、もう名前と簡単な住所が書いてある。

絵馬には初めから暁人のことを書こうと思っていた。今までのお礼……ではないが、色々してくれる彼の願いを、神様に叶えて欲しいな、と、昨晩からずっと思っていたからだ。だけど……

「書きたくないなぁー」

思いついた彼の願いは、なかなか絵馬に書けなかった。これが叶ったらきっと彼は喜ぶし、幸せになるだろう。けれど、雨音はもう彼の側にいられなくなる。

「でも、どちらにせよ、遅かれ早かれ、か……」

あの二人の様子を見ていたら何となくそう思ってしまう。修二と早苗はつきあってはいないようだし、暁人と彼女は息があっているように見えた。修二の気持ちはわからないが二人とも早苗のことが好きだとして、分があるのはきっと暁人のほうだろう。だって暁人ほど完璧な人なんて雨音は今まで見たことがない。

雨音は切ない気持ちでペンを走らせる。

一文字書いては止まり、一文字書いては止まった。

『暁人さんが好きな人と幸せになれますように』

長い時間をかけてそれだけ書く。暁人に幸せになってほしい気持ちも本当だし、自分に希望はないとわかっているのに、それだけはどうしても心の底から願えなかった。

雨音は一つため息をつき、油性ペンのキャップを閉めた。

早苗との話も一段落し、御神木（ごしんぼく）らしき木の隣で暁人は雨音のことを待っていた。相変わらず真剣な表情で、彼女は絵馬を書いている。その悩んでいる姿がなんだか微笑ましくて、暁人は口元に笑みを浮かべた。

「あの子、ホテルでの子か」

「國臣」

彼に声をかけていたのは、老舗（しにせ）旅館の跡取り息子らしい、和服姿の友人だ。彼も唯花を待っているのか、暁人の隣に並び立つ。

「あの子と付き合うのか？」

そんなふうに聞かれて驚いた。彼は人の色恋沙汰に首を突っ込んでくるような人間ではないからだ。だけどそれだけ気にしてくれているということだろう。それは友人として純粋にありがたかった。

晩人は國臣から視線を外すと、雨音のほうを見た。

「どうだろ、考え中。いい子だと思うけど、恋人同士って何かと面倒だからね」

「お前は、……軽薄ではないんだが、昔からそういうところがあるよな」

「え？」

その言葉に暁人は目を瞬(しばた)かせながら國臣を見る。彼はそのまま続けた。

「女性に対して優しすぎるんだ。だから相手も『もしかして……』とそのまま追いかけてしまう」

「……」

「振るならちゃんと振ってやれ。そうじゃないなら、彼女が可哀想だ」

國臣の静かな言葉に雨音への心配が見て取れた。何も知らない彼から見ると、いたいけな少女を暁人が振り回しているように見えるのかもしれない。

「可哀想、か」

「付き合うつもりがないなら、そのほうがいい。彼女の幸せを考えるのなら、尚更だ。期待をさせられて、フラれるのが一番しんどいと思うぞ」

「……それは、体験談？」

「どうだろうな」

その時正面から唯花が「お待たせしました！」と走りながらやってくる。方向的に、どうやらお手洗いに行っていたらしい。

「まぁ、お前の判断に任せるけどな」

そう言って國臣は彼女に一歩踏み出した。そんな國臣に唯花は駆け寄る。

『好きな人が幸せだったら、きっと私も幸せですから』

いつか聞いた雨音の声を思い出しながら、暁人は「雨音ちゃんの幸せ、ね……」と小さく呟くのだった。

◆◇◆

そのあとは六人でお参りをして、引いたおみくじを木に結びつけたりした。

元々仲の良かった彼らとは違い、雨音は完全に初対面だったが、みんな気にして話しかけてくれたので、思った以上に楽しく過ごせた。本当にいい人達だと思う。

最後には連絡先を交換して、また会おうねと約束をしたりもした。

そうして神社で解散したあと、暁人と雨音は家路についていた。

何か考え事をしているのか、暁人はいつもより口数が少なく、自然と会話も少ない。

やがて二人は、分かれ道に差し掛かる。右に行けば暁人のマンションだし、そのまますぐ行けば、雨音のマンションだ。雨音は少しうしろを歩く暁人を振り返った。

「あの、ここまでで大丈夫です。今日はありがとうございました！」

「……うん」

「……あの。暁人さん、どうかしましたか？」

暁人の様子が気になって、雨音は彼の顔を覗き込む。視線の先にいる彼は、なんだか微妙な表情を浮かべていた。眉間に薄い皺を寄せて、少し俯いている。何かに迷っているのか、彼の瞳は珍しく揺れ動いていた。

「何かありました？」

「いや……」

少しの間を置いたあと、彼は口を開いた。

「雨音ちゃんはさ、俺のことが好きなんだよね？」

「あ、はい」

「それは、俺と付き合いたいとか、そういう感じの『好き』なんだよね？」

「それは……そうですね」

改めて言われると恥ずかしい。雨音の頬はじんわりと温かくなった。

彼女が頷いたのを見て、暁人は何かを決心したようだった。彼は長息し、雨音に一歩近づく。そして、彼の長い指が雨音の髪を一房掬った。

「俺さ、今好きな人がいるんだよね」

「え？」

「だから、雨音ちゃんの気持ちにはこれからも応えられないと思う」

真剣な表情でそう言う彼に、雨音は焦ったような表情になった。

「それは、大丈夫です！　私、あの、暁人さんと付き合いたいのは本当ですけど、付き合おうとは思っていなくてっ！　今のこの状況で満足してるというか、なんというか……っ！」

「雨音ちゃんが気にしなくても、俺が気にするからさ」

はっきりとそう言われてしまえば、もう何も言い返せない。

黙ってしまった雨音に暁人は優しい声を落とした。

「だから、もうこれでお終いにしよう」

その静かな響きに、自分がたった今フラれたのだと思い知る。しかも、彼のその言葉は明らかに拒絶の意味合いを含んでいた。これはもう、たぶん、今後気軽に会うことも叶わないのだろう。

「ごめんね」

「……はい」

自分でも驚くぐらいあっさりと頷(うなず)けた。彼の言動に浮かれながらも、その実、きっとこうなる日をどこか想像していたからだろう。

彼が自分を選んでくれるなんて、そんな奇跡はきっと起こりえない。

「大丈夫です」

「うん」

「大丈夫ですよ！　わかってましたから！」

できるだけ明るくそう言って、雨音は笑みを浮かべる。鼻の奥がツンと痛くて、涙が出てしまいそうだったけれど、奥歯をぐっと噛みしめて我慢した。彼に見せる最後の顔は、やっぱり笑顔が良いと思っていたから。

そして、彼女は深々と頭を下げる。

「暁人さん、楽しい時間をありがとうございました！　幸せになってくださいね」

こうして、二年以上続いた雨音の片想いは終わりを告げた。

「ということで、至急、鹿児島の支社に戻って欲しいという話になった」

雨音が上司からそう言われたのは、年末年始の休みが明けた直後だった。事業拡大により鹿児島支社の人員を新しく増やすという話になったらしく、三年前まで鹿児島支店にいた雨音に白羽の矢が立ったという。

「雨音、最近ついてないわねー。暁人さんにもフラれるし、転勤もしなきゃいけなくなったし」

「ついてないっていうか、どっちも仕方がないことだけどね」

引っ越しの準備を手伝いに来てくれた良美に雨音はそう言って苦笑いを浮かべた。

暁人に正式にフラれてから、二週間が経っていた。あれ以来、雨音は彼に会っていない。前のようにポストにお礼を入れることもなくなっており、会社の通勤経路も変えた。もうよほどのことがない限り、バッタリと会ってしまうことはないだろう。

ダンボールを組み立てながら、雨音は苦笑いを浮かべた。

「でも、ちょうどよかったのかも」

「え？」

「ここに住むの、ちょっと辛くなってきたところだったからさ」

目と鼻の先というほどではないが、歩いて二十分もしない所に片想いの人のマンションがあるというのは精神衛生上、あまりよろしいものではなかった。会いたい時に会える距離というのは、それだけで我慢を強いられる。なんとなく、少し前にマンションの玄関ホールで会った女性の気持ちがわかるような気がした。

（やっぱり、近くにいたら会いたくなっちゃうもんね）

雨音は引っ越しの準備で汚れた手を水道で洗う。その時、ポケットからスマホが滑り落ちて、蛇口から出ていた水をもろに浴びてしまう。

「あっ！」

防水仕様になっていなかったスマホは、一瞬だけ電源が入ったが、あとはもううんともすんとも言わなくなってしまった。この感じでは、中身はもうダメかもしれない。ちょうどうしろを通っていた良美が雨音の手元を覗（のぞ）き込みながら渋い顔をした。

「あーぁ、電話帳バックアップ取ってる？」

「多分」

記憶にあるのは、ちょうど三ヶ月前だ。つまりそれ以降に登録した連絡先はもう復元できない可能性がある。暁人の連絡先を入れたのは一ヶ月弱前の話だ。

「……これも、ちょうどいいのかな」

まったく動かないスマホを握りしめながら、雨音はそう呟く。

なんだか、もう『縁が切れた』と神様に言われているような気がした。

たまには彼女のように、人の幸せを願ってみようとしたのが、そもそもの間違いだったのかもしれない。

◆　◇　◆

「今日もない、か」

ポストの中を覗き見て、ため息をつく。それがここ最近の暁人の日課となりつつあった。

雨音をフってから二週間と少し。その日、暁人は仕事が休みだった。

ポストを覗きに来た格好のまま、外に出る。別に何をしに行こうというわけではなくて、ただヒマだったから少し散歩をしてみようと思ったのだ。

(まぁ、ないのが当たり前だし、あったらあったでどうしようって話なんだけどさ)

先ほど見た空っぽのポストを思い出しながら、空を見上げる。薄い雲を縫うように一機の飛行機が頭上をすぅっと飛んでいった。

　ここ最近、なぜだか妙に毎日がつまらなくなった。物足りないというかなんというか、笑うことも、戸惑うことも、不機嫌になることも、ほとんどなくなってしまって、まるで日常から色が消えてしまったようだった。

「前に戻っただけなのにな」

　その色の正体はもう知っている。笑った顔が可愛くて、話すことがいちいち突拍子もなくて、人の幸せを全力で願える変な女の子。彼女が暁人の色だった。

『暁人さん！』

　耳朶の奥で雨音の声が蘇る。その声に、暁人は頬を緩ませた。

「会いに来てもいいのに」

　彼女をフったのと同じ口でそう言ってしまう。身勝手にもほどがあるが、限りなく本音だった。

　自宅からしばらく歩いて、コンビニにさしかかる。彼女の服に珈琲をぶちまけてしまったあのコンビニだ。

「思い返してみれば、最初から変な子だったよな」

　たった一杯のコンビニの珈琲より、彼女の汚れたシャツのほうが何倍も高価だろう。なのに雨音はそれを少しも気にすることなく、青い顔で頭を下げ、一杯何百円かの珈琲を弁償しようとした。文句を言おうと思えば、いくらでも言えたはずなのに……

「神社に寄ってみようかな」

また思いつきだ。そうして、その足で神社まで向かう。神社に行く道すがらも、彼女との思い出が溢（あふ）れているような気がした。

手を繋（つな）いで歩いた道も、途中で飲み物を買った自販機も、お昼を食べたファミレスも、彼女のお返しにとバレッタを買った雑貨屋も。なんとなく全部が愛おしい。

神社に着くと、雨音がしばらくいた絵馬のある場所の前に立つ。元日はその前に長机とペンが置いてあったが、今はそれはなかった。暁人はかかっている絵馬の中から雨音の文字を探し始める。

「あった」

書いたのが二週間前ということで、比較的すぐに絵馬は見つかる。名前も書いてあるので間違いないだろう。

絵馬はなぜか二つあった。一つは元日に書かれたもの。もう一つは、昨日書かれたものだった。日付を確認しても間違いない。彼女は昨日ここに来たらしい。

暁人は彼女が昨日書いた絵馬を手に取った。

『暁人さんとのことが、早くいい思い出に変わりますように』

雨音は暁人のことを思い出に変えたいらしい。忘れたい、じゃないところがなんとなく彼女らしい気がした。

「いい思い出、か」

息を吐く。その表現は少し寂しかったが、それが暁人の選択した雨音との未来だった。

気になっているくせに、恋人になるかどうかでぐだぐだ考えてしまう自分より、新しい恋人を見つけたほうが彼女は幸せになれるだろう。そういう考えの末に暁人は雨音を振ったのだから。

（でも、そうか。恋人か）

暁人は絵馬を持ったまま、未来の彼女を想像する。

きっと雨音はいい子だから、すぐに素敵な恋人ができるだろう。その恋人の腕の中で、彼女は時々『そういえば、あんなこともあったな……』と微笑みながら暁人のことを思い出す。でもそこには恋愛感情なんてものはもうまったくなく、あるのは風化の始まった思い出だけ。次第に新しい恋人との思い出に、暁人との思い出は塗りつぶされていって、気がついたら彼女の中に暁人は少しも存在しなくなるのだ。

そんな未来が頭をよぎり、暁人は背筋が寒くなる思いがした。

「それは、嫌だな」

そう呟いて、暁人は自分の想いを自覚する。

雨音が自分以外の誰かのものになるのなんて許せなかった。彼女にはずっと自分の側にいて欲しいし、一緒に笑っていたい。たまには喧嘩するのだっていいだろう。休みの日にはまた映画を見に行って、お互いに忙しい日でも思いやりを忘れずに、記念日には小さなケーキを囲んで、変なことを言いながら笑い合いたい。

それは『恋人同士になりたい』というよりは『側にいたい』という至極シンプルな願いだった。

そして、自分がしてしまった過ちに気が付く。暁人は踵を返した。

(とりあえず会わないと……)

会いたかった。とにかく彼女に会いたかった。会って気持ちを伝えたかった。

はやる気持ちのまま足が動く。走ってしまいそうなほど、気持ちは急いていた。

「あれ？　暁人さん」

そう声をかけられ、進み始めた歩みが止まる。声のした方向を見れば、早苗がいた。

「暁人さん、何してるの？」

「……そっちこそ」

無視するわけにもいかなくてそう答える。時計を見れば、まだ昼の十二時だ。しかも月曜日。彼女の職場である幼稚園もまだ開いている時間帯だ。普通なら彼女がここにいるはずがない。

早苗は昔から変わらない、ヘラリとした子供のような笑みをみせる。

「私はね、今日幼稚園が代休でさ。修二は仕事だし、ちょっと散歩してたんだよね」

「そう」

気もそぞろのままそう頷く。頭の中ではもう雨音に会ったら何を言えばいいかを考え始めていた。しかし、そんな考えも一瞬で吹っ飛ぶようなことを彼女は口にする。

「そういえばさ、雨音ちゃん引っ越すんだって？」

「は？」

「知らないの？」

ひっくり返った暁人の声に早苗が首をひねる。暁人は信じられないといった面持ちで早苗を見た。

「そっちは何で知ってるの？」

「初詣の時に連絡先交換したから？」

あっけらかんと早苗はそう言う。そして続けた。

「なんか転勤になったらしくて、鹿児島のほうに帰るんだって」

「鹿児島？　それっていつ帰るとか言ってた？」

「えぇっと、確か十八日に飛行機に乗るって言ってたから……。あ、今日か！」

早苗の言葉に、暁人は大きく目を見開いた。

「飛行機……乗りたくないな……」

雨音は飛行機の搭乗口で一人うなだれていた。平日なので見送りは誰もおらず、辺りに人も少ない。良美は昨晩、夜通し一緒に飲んでくれたが「またこっち来なさいよ！」と言って、今朝会社に出勤してしまった。

「はぁ」

なんとなく寂しい気持ちになって、ため息が漏れる。これから苦手な飛行機にも乗らなければならないので、気分はひたすら憂鬱（ゆううつ）だった。そんな彼女の心の支えは、髪の毛をまとめているバレッタだ。青と白のおしゃれなそれは、暁人からもらったものだった。

雨音の指先は自然にバレッタを一撫（ひとな）でした。

「暁人さんに、さよならぐらいは言いたかったなぁ」

そう思うが、暁人からしてみればそんなもの、迷惑以外の何物でもないだろう。それにもうスマホも使えない。水につけてしまったそれはもうウンともスンとも言わず、修理にも交換にも時間がかかるので、とりあえず鹿児島に帰るまでない状態で耐えることになった。幸いにも会社から支給されている携帯電話があるので連絡には事欠かないが、当然暁人の連絡先はそれには入っていなかった。

でも、それでよかったのかもしれない。もう一度声を聞いたら、また寂しくて仕方がなくなってしまうだろうから。

（とりあえず、飲み物でも飲んで落ち着こう）

そう思って席を立ち、自販機に向けて歩き出したその時だった。

「わっ！」

こちらに歩いてきた男性に雨音はぶつかった。俯いたまま歩いていたためか、バランスを崩して、転けそうになる。そんな彼女を支えたのもまた彼だった。

「あ、ごめんなさい。ありがとうございま……す」

助けてくれた彼を見上げて、雨音は大きく目を見開いた。そこにいたのは、暁人だったからだ。彼はパイロットの制服を着た状態で、雨音の腰に手を回している。

「どうして、ここに？」

「職権濫用した」

さらりとそう言って、彼は雨音の手を引いた。そのまま無言でどこかに連れて行かれる。

（え？　な、なんだろう、この急展開!?）

突然のことに、雨音は混乱していた。だけど、久々に見る彼の姿に、感じる手の温かさに、沈んでいた気分がだんだんと浮上していく。

「あ、あの！　もしかして、お別れを言いに来てくれたんですか？」

こんなことを口走ってしまうほど。

「違う」

「あ……、そ、そうですよね。ごめんなさい」

はっきりと否定され、また気分が落ち込んだ。そして同時に恥ずかしくもなってくる。

（なに浮かれちゃってるんだろう……）

暁人が自分にお別れを言いに来てくれるはずがない。そもそも彼は雨音が引っ越すことも知らないはずだ。きっと、彼はたまたま仕事でこの空港にいただけなのだろう。

雨音は手を引かれながら苦笑いを浮かべた。

「私ったらなに勘違いしてるんですかね！　ごめんなさい！　でも、偶然でも最後にこうやって会えて嬉しかったです！　これなら、苦手な飛行機も頑張れ——」

『そうです』と続くはずだった言葉は、彼の制服の中に吸い込まれてしまった。

（え？）

雨音は抱きしめられていた。人目につかない壁際で彼は雨音に向き合い、彼女の背に手を回している。彼の温かさを全身で感じて、雨音は全身の毛を逆立てた。

「え、あのっ。あの！　わ、私、あんまりこういうことをされると、あの、諦められなく——」

「諦めなくて良いから」

「え？」

「好きだ」

　はっきりと耳に届いたその言葉に、雨音は息をつめた。

「雨音ちゃんがもし、まだ俺のこと好きなら付き合ってほしい」

　その言葉がなかなか呑み込めない。二週間前と状況が百八十度違う。

「ど、どういうことですか⁉　あ、暁人さんには好きな人が……‼」

「あれは、告白を断る時に毎回使ってる理由で、特に意味はないよ」

「え？」

　思いもよらぬ言葉に雨音は目を瞬かせた。

「俺さ、女の子のことが嫌いって訳じゃないんだけど、付き合うのにも前向きになれなくて。告白されても、毎回そう言って断ってたんだよね」

　暁人はまっすぐに雨音を見つめながら、そう語る。

「雨音ちゃんのことはずっといい子だなって思ってたよ。けど、そういう思いが邪魔して、グダグダ考えちゃって。はっきりできないなら断るほうが雨音ちゃんのためになると思って、断った」

「暁人さん……」

「でも、今は後悔してる」

背中に回る暁人の手が熱い。その熱がまるで移ったかのように、雨音の身体も熱くて仕方がなくなる。

「俺はさ、雨音ちゃんみたいに誰かの幸せを願うなんてできないみたい。相手の幸せのために自分が身を引くとか、想像だけで無理だった。……だからもし、雨音ちゃんが俺の幸せを願ってくれるなら、俺のために頷（うなず）いて」

暁人はもう一度雨音を腕の中に収める。

「好きだ。俺とずっと一緒にいてほしい」

じんわりと耳に染みてくるような言葉に、雨音は泣きそうになる。

涙を我慢してゆがんだ顔に彼の温かな手が触れた。

「どうかな？」

「はい。もちろんです」

そうして、人目を憚（はばか）ることなく唇を合わせた。

エピローグ

『今は異動の時期じゃないから難しいけど、今年の春には迎えに行くから、それまで、待っていてくれる？』

『私、二年間も暁人さんのこと探してたんですよ？　たった数ヶ月ぐらい余裕です』

そんな会話を空港でしたのが、三ヶ月前の話。


「やっと新居だね」

「そうですね」

暁人と雨音の姿は、鹿児島のとあるマンションにあった。広さは４ＬＤＫのファミリー向け、南向きの新築マンションだ。最上階なので眺めが良く、不動産屋が言うには高さがあるので虫もあまり入ってこないらしい。

三ヶ月間の遠距離恋愛を終えて、今日から二人はそこで一緒に住むことになっていた。

そして、二人はこの三ヶ月間でもう一つ変化があった。

「さっきガス会社さんに『三海さん』って呼ばれたんですが、なんだか慣れなかったです」

「まぁ、最初はそうだろうね。二十六年間付き合った苗字だし」

「慣れていきますかね？」

「まあ、あと半年もその苗字でいたら、慣れてくるんじゃない？」

そう、二人は結婚していた。籍を入れたのは、雨音が引っ越したその二日後。休みだったらしい暁人は突然婚姻届を持って雨音の所へ訪れた。そして「結婚しよう」とプロポーズをしてきたのである。

『どうせ結婚するつもりなんだし、付き合う過程を挟むのは無駄じゃない？』というのが暁人の意見で、雨音はそれに従った形だ。

「後はこのダンボール箱を片付けないとね」

「引越しって、これが一番骨が折れるんですよね」

日常で使うものはある程度もう出しているが、それ以外にもダンボール箱があと十個ほど積み重なっている。季節ものの洋服や、本、CD、ウィンタースポーツのアイテムなどが詰まっているはずである。

「やっぱり、今日一日じゃ終わらないね」

「とりあえず、私は明日休みなので、ちょっとずつでも進めときます」

「それはよろしく」

二人は額（ひたい）の汗をタオルで拭った。まだ四月だとはいえ、もう後半だ。気温もそれなりに高いし、ダンボール箱の整理などしていたら、あっという間に汗だくになってしまう。

「とりあえず、いったん汗流そうか」

「あ、はい！　それじゃ、暁人さんからお先にどうぞ？」

そう雨音が言うと、暁人はにやりと頬を引き上げて、彼女の耳に唇を寄せた。

「なに言ってるの？　こういう時は二人で入るものでしょ」

「へ!?」

「今更何に驚いてるの？　もしかして、恥ずかしい？」

雨音の初心すぎる反応に暁人はクックッと喉の奥で笑った。当然、二人はもうそれなりのことはしている。ただ、恋愛関係になってまだたったの三ヶ月だ。ベッド以外のところでなんて、したことがない。

「や、それは……」

「雨音ちゃんの身体は俺がちゃんと洗ってあげるね」

楽しそうに笑う彼を叱ることもできなくて、雨音は頬を染めながら「お手柔らかにお願いします」と小さな声で呟いたのだった。


「俺さ。ここの物件、このお風呂の広さも決め手だったんだよね。このぐらいの広さがあったら二人でも余裕で入れるでしょ？」

「そう、ですね」

大きな湯船の中に、二人は重なり合うようにして入っていた。大きな体躯に包み込まれるような形で雨音は膝を抱えている。狭いのではなく、単純に身体を見られるのが恥ずかしいのだ。暁人はそんな彼女を覗き込みながら、水の滴る指先で、彼女の胸元をつんつんとつついた。

「な、なにしてるんですか？」

「いや、やっぱり浮かぶんだなぁって思って」

「珍しいんですか？」

「まぁね。女の子とこうやってお風呂入るの、実は初めてだからね」

けろっとした顔でそう言われ、雨音は大きく目を見開いた。暁人は恋愛ごとに関して百戦錬磨の玄人だと思っていたのに、こんなことが初めてだなんて、ちょっと意外である。

「初めて……？」

「そんなに驚くってことは、俺はよほど軽薄そうに見えてたってことかな？」

「け、軽薄ってことはないんですけど！　経験は豊富そうだなぁって思ってました」

正直な気持ちを吐露すると、彼はおかしそうにまたクツクツと喉の奥で笑う。

「ま、雨音ちゃんと出会うまで何もなかった……とはいえないけど、そんなに経験豊富ってわけでもないと思うよ、俺」

「そうなんですか？」

「うん。付き合うこと自体が面倒くさかったってのはあるけど、ベタベタするのも苦手だったしね」

「へ？」

（暁人さんがベタベタするのが嫌い？）

雨音は目を瞬かせる。普段の暁人からは考えられない発言だったからだ。恋人関係になってからの暁人はどこに誰がいても、ところ構わずひっついてくる。先日、修二と早苗のカップルに会った際も、『お前、こんなところでイチャイチャすんなよ』と修二に注意されていたほどだ。

雨音は青い顔で振り返る。

「もしかして、暁人さんの『ベタベタ』と私の『ベタベタ』の基準って違うんですか？　も、もしかして私、無意識的に暁人さんの逆鱗に触れてたりしません!?　大丈夫ですか!?」

振り返りながらそう聞くと、暁人はふきだし、雨音をぐっと引き寄せた。

「なに不安そうな顔してるの？　雨音ちゃんは別に決まってるでしょ？」

「そ、そうなんですね」

ほっとした顔を浮かべる雨音の髪を、暁人はそっと掻き上げた。

「そうなんです。だからこうやって一緒にお風呂に入るのは雨音ちゃんが初めて。それに、一緒の家に住むのもね。……嬉しい？」

「それは、はい……」

「可愛い」

はにかむように俯いた雨音の額に唇が落ちる。その甘い唇を受けた瞬間、体温がぐぐっと高くなった。お風呂に入っているからか、なんだか少しのぼせてしまいそうである。お湯の温かさと彼の体温が混じって、もうどこもかしこも汗ばんでくる。

「あの。私、もう、出ますね」

「なんで？」

「なんか、もう、のぼせちゃいそうで……」

そう立ち上がりかけた雨音の手を暁人は引いた。そうして彼はベッドの上だけで出すような、蜂蜜のような甘い声をだす。

「それなら、もう身体洗おうか。俺が雨音ちゃんの身体洗うから、雨音ちゃんが俺のを洗って。ね？」

優しくて懇願(こんがん)するような声なのに、雨音には命令という形で届くからちょっと不思議だ。要するに、彼のお願いはどうやってもはねのけることができない。

「じゃ、私が先に暁人さんの身体を洗っても良いですか？」

雨音にできるのはそんなふうに猶予を持たせることだけだった。

（ゴツゴツしてる）

雨音は、泡だてたスポンジで暁人の背中を擦りながらそう思った。普段見ることのない彼の背中は引き締まっていて、筋肉と筋肉の境目がくっきりと見て取れる。

「暁人さんって鍛えてるんですね」

「まぁ、それなりには、ね。というか、何度も見てるのに、珍しいの？」

「背中は普段見られないですし」

それに見られていたとしても、覚えてはいないだろう。彼に抱かれている時の雨音の記憶は、いつも曖昧だ。必死すぎて、記憶に残っていないのだろう。

（それにしてもかっこいいなぁ……。背中までかっこいいとか、暁人さん、卑怯だなぁ）

雨音はゆっくりと彼の背中にスポンジを滑らせる。そのたびに彼の背中に泡の道が残った。その泡の一部が雨音の身体にもついてしまう。彼女はその泡を見ながら一瞬固まった。

（これ……）

それは、わずかな好奇心だった。

雨音はスポンジについていた泡を胸に載せる。そして、そのまま彼の背中に胸を押しつけた。

「は!?」

その瞬間、暁人が過剰に反応する。そんな彼に構うことなく雨音はまるで手で洗うかのように泡のついた胸を彼の背にゆっくりとこすりつけた。

「雨音ちゃん!?」

「ダ、ダメでしたか!?」

「ダメって訳じゃないけど、そういうのどこで習ってきたの？」

「どこで、というか。ほんの出来心で……」

雨音は胸を押しつけたまま、赤い顔で視線を逸らす。

「暁人さんの身体、いつも気持ちが良いから、背中でも気持ちが良いのかなって」

身体を洗おうとしたわけではなく、『気持ちが良いのかな？』という興味で動いたという彼女に、暁人は顔を覆った。手の隙間から覗く耳は、これでもかと赤い。

「はぁあぁ……」

「暁人さん？」

「うちの奥さん、本当に可愛いわ……」

背中に抱きついたまま雨音は暁人の顔を覗き見る。そしてそのまま視線を下ろす。直後、雨音は固まった。そこには彼の硬直した雄がそそり立っていたからだ。

「暁人さん、それ……」

「雨音ちゃんがしたんでしょ？」

「えぇ!?」

「だから今度は雨音ちゃんの番ね」

背中から無理矢理剥がされて、壁に手をつかされる。いきなりの事態に雨音は目を白黒とさせた。

「ちゃんと中まできっちりと洗ってあげるから、覚悟しててね」

その言葉の直後、突き出した雨音のお尻を彼がぐっとわし掴みにした。


広い浴室に二人の肌がぶつかり合う音が響く。

「気持ちいい？」

「……はい」

雨音はお風呂の壁に手をついたまま、とろんとした声でそう答えた。二人の身体はもう繋がっており、暁人は雨音の臀部を掴んだまま腰を動かす。ゆっくりとしたストロークは優しくて、中を丹念に撫でているようで、快楽がいつまでたっても終わらない。

「あんぁあゃぁあ——……」

「ちゃんと中洗えてる？　掻き出しても掻き出してもエッチな汁が出てくるんだけど」

「それは、あきと、さんが、動かすから……」

「俺が動かさなかったら、出ないの？」

そう言うと暁人は抽挿を止めてしまう。そのかわりにぐりぐりと腰を押しつけてきた。彼の根の先端が雨音の下りてきた子宮口をぐりぐりとこじ開ける。

「ひぅ——」

「ほら、見て」

「あぁ、んぁぁ——っ」

無理矢理身体の中心をこじ開けられ、身体が痙攣する。その直後、ぽたたた……と重たい水音を響かせながら、二人の繋がった場所から雨音の蜜が浴室の床に落ちた。

「動かさなくても出てきちゃったね」

「いじ、わる、です」

「意地悪な俺は嫌い？」

「すき」

「可愛い」

にやりと笑う暁人は意地悪だ。こうして身体を重ねるようになってわかったことだが、彼はちょっと雨音を虐めて遊ぶ癖がある。先日もネクタイで目隠しをされ、散々焦らされたあげくに最後は激しく攻められ、気を失うまでイかされた。

「でも、動かさなくても出てきちゃうってことは、ちゃんと掻き出さないといけないってことだよね」

「やだ、んっぁあぁ」

大きく円を描くように腰を動かされ、裂肉を無理矢理開かれる。そしてまた蜜がポタポタと床に落ちる。

「さっきのお礼だから、ちゃんと洗ってあげなくっちゃね」

「やぁあっ!!」

ゆっくりとした抽挿（ちゅうそう）が激しい動きへと変わり、雨音はあられもない声を上げながら、真新しい浴室の壁をひっかいた。汗が背中を流れ、声は今にも嗄（か）れそうだ。

雨音の身体には泡がついており、暁人はその泡を手のひらで伸ばし、彼女の身体を洗い始める。

「ねぇ、さっきさ。俺の背中に胸こすりつけてたでしょ？　あれって結局気持ちよかったの？」

その疑問に、雨音は顔を上げる。

「きもち、よかったです」

「どう気持ちよかったの？」

「へ？」

「聞きたいな」

また、甘い命令だ。雨音は先ほどのことを思い出しながら、羞恥（しゅうち）で目を潤（うる）ませる。

「胸の先端が、暁人さんの背中でこすれて、気持ちよかったです」

「胸の先端？　それは、俺がいつもこうやって触るよりも気持ちよかったの？」

暁人は彼女に覆（おお）い被さり、今度はうしろから胸を揉（も）み始める。雨音はその行為に息を荒くした。

「あき、とさんの、ての、ほうが、きもちいい、です」

途切れ途切れの雨音の言葉に、暁人は満足そうに唇の端を引き上げた。

「それなら、よかった。でもそっか。雨音ちゃん、胸弱いもんね？」

白い泡のついた手で胸の頂（いただき）をつまみあげれば、彼女は下唇を噛んだまま背中を仰（の）け反らせた。

「やっ、あ、んん――」

引っ張りすぎたためか、手が泡で滑りやすくなっていたためか、限界まで引っ張られた胸は指から離れてぶるんと雨音に返ってくる。ぺち、ぺち、と胸同士が当たる音が浴室に響いた。

「雨音ちゃんって、どこもかしこも柔（やわ）らかいよね」

「それって、太ってるって、ことですか？」

心配そうな顔で振り返った彼女に、暁人はたまらずふきだした。

「どうしてそういう話になるの？　やっぱり雨音ちゃんって変な子だよね」

「だ、だって」

（最近、ちょっと太っちゃったから）

とはいえ、五百グラム程度なので、触ってわかるようなことはない。ないと思いたい。

雨音は頬を染めながら、暁人から視線を逸らした。暁人は肩を震わせながら、ふたたび彼女の胸に手を伸ばす。

「でもまあ、ふくよかだよね」

「や、痩せます！」

「違うよ、そう言う意味じゃなくて。ここが」

「んっ」

胸をぎゅっと持ちあげられる。指から溢れた肉に泡が伝って、ぺちゃりと床に落ちた。

「雨音ちゃんって着痩せするタイプでしょ？」

「そう、なんですかね？」

「すごいよ。ほら、手なんかじゃ、全然収まらない」

嬉しそうな声でそういう暁人に、雨音は唇を尖らせたまま心配そうな声を出した。

「もしかして、暁人さんって。大きいの、好きですか？」

「嫌いじゃないけど。って、何で心配そうな顔になるの？」

「わ、私より大きな人っていっぱいいると思うし！　暁人さんがもし胸が大好きで、そういう人に迫られたら……」

『靡いてしまうんじゃないですか？』

そう続けるはずだった言葉は、暁人の笑い声によって喉の奥に引っ込んだ。

彼は大きな身体でうしろから雨音を包み込む。

「俺はね大きい小さいとかじゃなくて、雨音ちゃんのだから好きなんだよ」

「でも、さっきは……」

「あれは、嗜好としてはそうってだけ。大きくても小さくても、雨音ちゃん以外の胸には興味はないよ」

安心させるように暁人はそう言って、雨音との体勢を変える。

今度はお互いに向き合うような形になり片脚を思いっきり持ち上げられた。

そして先ほどよりも長いストロークで彼は抽挿を始める。

「やっ、んっ、あぁんぁぁ――……」

「ここも」

「ひぅっ!」

ぐりっといきなり子宮口をこじ開けられて、雨音は暁人の背中に爪を立てた。

「雨音ちゃんのだからかき混ぜたいと思うし、気持ちよくしてあげたいと思うんだよ」

「やっ、ひぅぁん、ぁん、やぁぁっ!」

いいところを擦られて、頭が蕩ける。会話もままならなくなり、唯一身体を支えている脚が震えだす。雨音はこけてしまわないように暁人に縋り付いた。

「大丈夫？」

「だい、じょぶ、です」

「大丈夫じゃないね」

暁人は雨音の身体を支えていたもう一本の脚も抱える。すると、両足が床から離れ、身体が彼に支えられる形になる。

「しっかり掴まっててね」

「へっ」

次の瞬間、風呂の蓋の上に寝かされてしまった。雨音の上に彼は覆い被さる。

そして、そのまま暁人はガツガツと雨音を攻めだした。

「んや、だぁ、んひぅっ、あっ、ぁぁ――!!」

「ねぇ、今日は中で出すよ」

「へ？」

耳元でされた唐突な宣言に、雨音は大きく目を見開く。今まで彼とは何度も身体を重ねてきたが、中にそのまま出すというのはしたことがなかった。

暁人は腰を動かしたまま言葉を続ける。

「作れる時に子供を作っておきたいなって思うし、そのほうが雨音ちゃんもずっと一緒にいてくれるでしょ？」

「それは……」

「雨音ちゃんを繋ぎ止めるために子供を作るんじゃないよ？　でも、そのほうが君が逃げないのも事実だから」

額に汗を浮かび上がらせながら彼は雨音を穿つ。弱いところを重点的に攻められて、もう身体には力が入らなかった。

「ごめんね。でも、こんなにずっと一緒にいたいって思ったのは、雨音ちゃんが初めてなんだ」

まるで謝罪するような声で彼はそう言う。雨音は揺さぶられながら暁人に手を伸ばした。

「あき、と、さん」

「ん」

「わたしも、です」

「……ありがとう」

その言葉とともに、いっそう激しく身体を揺さぶられる。雨音の蜜はどんどん掻き出されて、床に糸を引きながら広がった。

「――んっ」

暁人は痙攣し始めた雨音の身体をぎゅっと抱きしめる。

そして、雨音の中に熱い飛沫を吐き出した。

書き下ろし番外編

涙の理由

その日、一条家のリビングはいつもより騒々しかった。

「うわぁああ！　お腹大きぃ！　予定日まであと何日？」

「一週間ぐらいかな？」

「あと一週間でここから赤ちゃんが出てくるのかー！　楽しみだなぁ」

ソファに座っている唯花の隣で、はしゃいだような声を上げているのは、奥崎早苗。

四年ほど前に『双葉』から『奥崎』に苗字を変えた彼女は、妊娠している旧友のお腹を愛おしげに撫でている。

「早苗のところは、もう二人もいるでしょ？」

「でも、私のところはもう赤ちゃんって感じじゃないからさー」

「いや、三歳は幼児！　まだ三歳じゃない」

「早苗ってば変なこと言うなぁ　赤子からしか摂取できない栄養素があるの！」

「いや、唯花にもいずれわかるようになるから！」

早苗のはしゃぎっぷりが面白いのだろう、唯花はしきりに肩を揺らしていた。

そんなふうに話している彼女たちの後ろで、小さな子供たちが駆け回っている。早苗のところの双子である。名前は響と奏。響のほうが女の子で、奏のほうが男の子である。二卵性で、性別も違う二人なのだが、顔はとても良く似ており、同じような髪形をしていると見分けがつかない。少なくとも、親である早苗と修二の二人以外にはどちらがどちらなのかわからなかった。

「國臣がとうとう父親かぁ」

國臣の隣で、感慨深げにそう言うのは修二だ。彼らはキッチンカウンターにコーヒーの入ったマグカップを置いて、立ったままイチャついている唯花と早苗を見ている。

「意外か？」

「いや、そうじゃねぇけど、なんというかお前、お父さんってガラじゃねーだろ？」

確かに数年前まで、國臣だって自分が父親になるだなんて考えたこともなかった。それなりの年令になっていて、周りには結婚している人間も子供を作っている友人もいるのに、まったくそんなこと考えられなかった。こうして彼女が妊娠している現在でさえ、なんだか実感が薄い。子供ができたと言われた日は、それは嬉しかったし、これから守るものが増えるのだと覚悟もしているが、実感と言われればあまりなかった。

奥崎家の双子がなにかの拍子に喧嘩を始める。どうやら家から持ってきたおもちゃの取り合いをしているようだ。小さな車のおもちゃで、同じようなものが他にも数台あるのに、どうやら二人とも手にしている赤いのが譲れないらしい。

「おいこら。響、奏。仲良く遊べっていつも言ってるだろ?」

修二の言葉に双子は不服そうな顔でこちらを振り向く。しかし、反抗する気はないのか唇だけを尖らせていた。

「お前はずっと父親って感じだよな」

「オヤジっていいたいのかよ……」

「違う。面倒見がいいって話だ」

学生時代から、彼はずっとそうだった。周りを見る目を持っているというか、わずかな異変に気がつく嗅覚を持っているというか。そのせいで貧乏くじを引くことも多かったが、その面倒見の良さで彼の周りにはいつも人が絶えなかった。

褒められたことが恥ずかしいのか、彼は僅かに頬を染めながら「褒めてもなにも出ないぞ」と低く呻いた。それに國臣は「知ってる」と肩を揺らした。

「でもまぁ、気をつけてやれよ」

途端に真剣味を帯びた声に國臣は「ん?」と首を傾げる。

「あの時期は何が起こるかわからねぇからな」

「そうなのか？」

「時期はもう少し前だったけど、早苗も一度倒れたからな」

それは、初めて聞く話だった。

「脳貧血ってやつで。まぁ、大事には至らなかったけどな。だからまぁ――」

その時、修二の言葉を遮るように、家のチャイムが鳴り響いた。

来客だ。

「はいはーい！」と早苗がまるで自分の家かのように玄関に走っていく。そして玄関の鍵と扉を開ける音。

「あ、いらっしゃーい！　待ってたよ！」

その声に、國臣は訪問客を知った。

早苗に導かれるようにして入ってきたのは、暁人と雨音の二人だった。暁人の手には大ぶりの紙袋が提げられている。

「こ、こんにちは！　お邪魔します！」

「久しぶりだね。元気だった？」

二人はいつもどおりにそんな挨拶をする。

これでメンバーが揃ったということになる。

今日は、六人で食事をしようという話だった。最後に六人で集まったのはもう一年以上前で、互いに連絡は取り合っていたのだが、一堂に会したのは本当に久々である。特にパイロットである暁人のスケジュールが合わないことが多かった。東京に帰ってきて、一年と半年。たまに休みが被っても『今日は雨音ちゃんとデートするから、ごめんね？』といった感じで連絡が返ってきたりしていた。今回、そんなみんなをまとめたのは早苗だった。唯花が妊娠後期でもうこれを逃すと子供がある程度落ち着くまで機会が取れないかもしれないとのことで、話を強引にまとめたのだ。

「あ、それ、雨音ちゃんのケーキ？」

暁人の手にある紙袋を見ながらそう言ったのは、唯花である。

雨音は少し前から料理教室に通っており、会うたびになにか手作りのお菓子を持ってきてくれる。元々素質があるのか、それとも開花したのかはわからないが、彼女の作るお菓子は絶品で、みんなにも好評だった。

「うん。雨音ちゃんが朝から作ってたんだよ。味見させてもらったけど、美味しいから食べてみて」

何故か雨音ではなく暁人のほうが誇らしげに答えた。妻自慢をしたくてたまらないと言った感じである。

「というか、そんなことさせちゃって大丈夫？　この前、安定期に入ったばかりでしょ？」

「へ、平気です！　お医者さんからはなにも言われてないですし。私、つわりみたいなのもあまりなくて……」

　雨音はそう言いながら、まだ大きくなってもいないお腹をさすった。

　その顔はどこまでも嬉しそうだ。暁人からは密かに不妊治療をしていると聞いていたので、喜びもひとしおなのだろう。

「わぁ！　お腹大きくなったんですね」

　雨音が唯花のお腹を見ながら驚いたようにそう言う。

「雨音ちゃんのお腹もすぐ大きくなるよー！　あっという間なんだから！」

「なんで先輩面（づら）してんだよ」

「そりゃ先輩ですから！」

　ふふん、と胸を反らす早苗に呆（あき）れたような修二。しかし呆（あき）れたような目元もすぐに緩んで愛おしげに細められる。

　この夫婦はいつも仲がいい。人前で仲良くしている、という意味では彼らが一番かもしれないと思う。その分みんなの間で喧嘩することもあるのだが。

「ぱぱー、これけーき？」

「まま。わたし、おなかすいちゃった！」

　暁人の持つ紙袋にクンクンと鼻を近づけながら双子が両親を見上げた。

愛らしい大きな瞳に見つめられ、修二と早苗が相好を崩す。

「うちの子がごめんー！　でも、私も早く雨音ちゃんのケーキ食べたいからさ。もう切っちゃってもいい？」

「あ、どうぞ！」

「私も手伝うよ」

「唯花は待機ー！」

早苗は慣れた手付きでケーキを切り分けていく。その間、修二が待ちきれない双子を両手に抱え上げていた。

そういう景色を見ながら、いいな、と國臣は思う。ああいう優しい家庭を自分たちも作りたいと思っているし、唯花となら作れると思っている。でも、まだ子供が生まれるという実感は湧かないし、子供というものが自分にとってどういう存在になるのかもよくわからないままだった。

「ケーキ、楽しみね」

「そうだな」

隣に立った唯花が穏やかに笑う。今にも抱きしめてしまいたくなるようなその笑みを見ながら國臣もほほえみを返した。

それからケーキを囲んでみんなで談笑した。

最初は互いの仕事の話から入り、次にお互いの家庭の話。女性たちの愚痴が少しだけ飛んで、その後盛大な惚気(のろけ)に発展した。互いの近況を話すのは楽しく、時間はあっという間に過ぎていった。

「それじゃ、私達はそろそろ帰るね」

玄関でそう言ったのは早苗だった。修二と早苗の腕の中には、それぞれ眠ってしまった子供がいた。頬についているケーキのかすがなんとも可愛らしい。

國臣たちはそんな二人を玄関で見送る。

「暁人達はこのまま夕飯も一緒？」

「うん。國臣とも久しぶりに会うしね。なんなら泊まらせてもらってもいいかなって」

「予定がなかなか合わないくせに、会ったら調子がいいやつだよな」

修二が呆(あき)れたようにそう言い、一同は笑った。

なんの気なしに國臣は隣を見る。すると、唯花の顔色が少し白いことに気がついた。

顔は笑っているが、なんだか額(ひたい)には脂汗(あぶらあせ)のようなものが浮いている気がする。

その表情に、國臣の脳裏で昼間聞いた修二の声が蘇(よみがえ)った。

『でもまぁ、気をつけてやれよ。あの時期は何が起こるかわからねぇからな』

（まさか……）

嫌な予感が頭をもたげ、國臣は唯花の背中に手を当てた。

「唯花、どうかし――」

「いたっ……」

國臣が声をかけるのと、唯花がしゃがみこんだのは同時だった。

「唯花!?」

「ご、ごめん。もしかしたらこれ、陣痛かも」

「は？」

「はあぁぁぁ!?」

一際大きな声を上げたのは、やっぱり早苗だった。

それから丸二日後、近所の産院に六人はまた集まっていた。

奥崎家の双子もいるので人数的には八人である。

「し、新生児だぁ」

「す、すごい、小さいですね！」

早苗と雨音は新生児用のベッドで寝ている、まだ名前も付いていない小さな命を見て、興奮したような声を上げている。

「本当に一時はどうなることかと思ったね」

「いや、まったくだな。人が産気づくところに出くわすなんて初めてだわ」

「早苗ちゃんは？」

「早苗は予定分娩だったからな。もう産む日も決まってたし」

互いの妻と一緒に見舞いにきた暁人と修二は、そう談笑していた。

「ごめんね？　最初はちょっと気のせいだと思ってて……」

「いやもうぜんぜん！　唯花が一番ビックリしたよね？」

「予定日よりも前でしたもんね？」

女性たちも楽しそうに和気あいあいとしている。

國臣は一人じっと小さな命を見下ろしていた。生まれたばかりのときは真っ赤だった肌の色も、もう一人前に肌色になっているし、顔の皺も取れてきた。ぎゅっとにぎっている手は頼りなくて、まだ地面を踏んだことのない脚は、ピクピクと動いている。

これが自分たちの子供だと言われてもまだ実感はない。

実感はないが――

「あれ？　國臣、泣いているの？」

「は？」

「お前、まじか」

そう言われ、目元に手を当てると、目尻がわずかに濡れていた。

手を当てていると、瞳からまたじわりと感情が溢れてくる。

國臣は手のひらで涙を拭く。

「いや、違う」

「ちがくねぇだろ？」

「國臣にも人間っぽいところあったんだねー」

「いや、お前それはいいすぎじゃないか？」

「そう？」

暁人と修二がそんな会話をしている隙に、奥崎家の双子が國臣の足元に寄ってきた。

そして大きな目で見上げてくる。

「あかちゃん、かわいいね」

「かわいいねぇ」

涙腺がおかしくなったのか、そこでまた目尻が濡れた。

慌てて目元を拭うと、瞼の裏に涙を流す唯花の顔が浮かんだ。

（あぁ、これは……）

二人が初めてキスしたときの顔だ。彼女は大きな瞳から一筋の涙を零していた。

後にあの涙の理由を聞いたときに、唯花はこう言っていた。

『わからないの。なんか感情が高ぶったって感じで自然に出ちゃって。あとから、嬉しかったんだってわかったんだけど。その時はもうどうしてか、全然』

（ようやくわかった気がする）

あのときの唯花の戸惑いが。

胸の奥底から押し出された心が水になって目から溢れ出るような、そんな感覚。

涙に理由なんてものはなくて、流したあとで自分達はそれに理由や名前をつけるのだ。

「あぁ、可愛いな」

足元の双子に國臣はほほえみながらそう答えた。

とりあえず、國臣はせり上がってきた感情にこう名前を付けることにした。

――愛おしい、と。

FIN

恋愛小説「エタニティブックス」の人気作を漫画化!
EC
Eternity COMICS
華麗なる神宮寺三兄弟の恋愛事情
漫画 黒ねこ
原作 秋桜ヒロロ
しっかり躾けとかないとねっ!
えええぇ!?
ヒョイ
話を…んっ
神宮寺(じんぐうじ)──日本有数の通信会社を営む華麗なる一族。その本家には、三人のイケメン御曹司たちがいる。自ら興(おこ)した会社の敏腕社長である長男・陸斗(りくと)、有能な跡取りとして次期社長の座を約束されている次男・成海(なるみ)、人気モデルとして活躍する三男・大空(ひろたか)。容姿も地位も兼ね備えた彼らが、愛しいお姫様を手に入れるために全力を尽くすけど……?
B6判　定価:704円(10%税込)　ISBN 978-4-434-28867-8

本書は、2021年1月当社より単行本として刊行されたものに、書き下ろしを加えて文庫化したものです。


この作品に対する皆様のご意見・ご感想をお待ちしております。

おハガキ・お手紙は以下の宛先にお送りください。

【宛先】

〒150-6019 東京都渋谷区恵比寿4-20-3 恵比寿ｶﾞｰﾃﾞﾝﾌﾟﾚｲｽﾀﾜｰ 19F
（株）アルファポリス　書籍感想係

メールフォームでのご意見・ご感想は右のQRコードから、
あるいは以下のワードで検索をかけてください。

ご感想はこちらから

エタニティ文庫

制服男子(せいふくだんし)、溺愛系(できあいけい)

秋桜(あきざくら)ヒロロ

2024年2月15日初版発行

文庫編集－熊澤菜々子・大木 瞳
編集長 －倉持真理
発行者 －梶本雄介
発行所 －株式会社アルファポリス
〒150-6019 東京都渋谷区恵比寿4-20-3 恵比寿ｶﾞｰﾃﾞﾝﾌﾟﾚｲｽﾀﾜｰ19F
TEL 03-6277-1601（営業）　03-6277-1602（編集）
URL https://www.alphapolis.co.jp/
発売元－株式会社星雲社（共同出版社・流通責任出版社）
〒112-0005 東京都文京区水道1-3-30
TEL 03-3868-3275
装丁イラスト－七里慧
装丁デザイン－ansyyqdesign
印刷－中央精版印刷株式会社

価格はカバーに表示されてあります。

落丁乱丁の場合はアルファポリスまでご連絡ください。

送料は小社負担でお取り替えします。


ISBN978-4-434-33433-7 C0193